光文社文庫

文庫書下ろし

舞う百日紅《さるすべり》

上絵師　律の似面絵帖

知野みさき

光　文　社

目次

第一章

上方《かみがた》から来た男

一

前掛けの紋《もん》を律《りつ》はそっと指でなぞった。

青陽堂《せいようどう》の使用人が、丁稚《でっち》から番頭まで揃って身に着けている前掛けの一枚だ。璃寛茶《りかんちゃ》色なのは葉茶屋らしいが、一色しか使われておらず、左側に店の紋と名前が入っただけで飾り気がない。だが律にとっては思い入れの深い前掛けだった。

青陽堂の前掛けは亡き父親の伊三郎《いさぶろう》が律が生まれる前から請け負っていたもので、律が上《うわ》絵《え》の手ほどきを受けて初めて手がけた「仕事」でもある。仕事といっても当時の律はまだ十一歳で、伊三郎が入れた下描きに大まかに色をつけただけだった。仕上げはもちろん、丸輪は内側さえも任せてもらえなかった。ぶん回しを使うのはまだ早いと判じてのことだ。

紋絵《もんえ》は茶葉が三枚で、左右対称ではなく、右側の枝から摘み頃の葉が開いた様子を表している。単色でも一目で商品と店の風情《ふぜい》を伝える意匠であった。

六年前に母親の美和《みわ》が辻斬りに殺された時、駆け付けた伊三郎は利き手の右手に怪我を負った。傷はほどなくしてふさがったものの、以前のような細やかな筆遣いはできなくなった。

自暴自棄《じぼうじき》になりながらも、娘の律の助けを借りて、伊三郎は上絵師であり続けた。事件後は仕上げのほとんどを律が手がけていたが、一見ではそれと判らぬまずまずの作品になっていた。だがその腕の未熟さを見抜いて離れていった客も少なからずあり、青陽堂――というより女将《おかみ》の佐和《さわ》――はその一人だった。

伊三郎が川にはまって死したのは、昨年の葉月《はづき》。

父親の跡を継ぎ、神田相生町で律が上絵師の看板を掲げて七箇月が経った。

着物や紋絵の注文はまだないものの、上野の池見屋という呉服屋に小物を納めていて評判は悪くない。先だっては幼馴染みの香《こう》に頼まれ、香の嫁ぎ先の薬種問屋《やくしゅどんや》・伏野屋《ふしのや》の前掛けを四十枚も手がけた。

青陽堂の注文を受けたのはその後だ。

香は青陽堂の跡取り・涼太《りょうた》の年子の妹で、佐和の娘である。しかし佐和の注文は、香との親交からではなく、己《おのれ》の腕を多少なりとも認めてくれたからだと律は思っていた。着物や紋絵を任せてもらえない上絵師なぞ一人前とはいえないが、女将として大店《おおだな》を切り盛りしている佐和に認めてもらえたのは律には大きな励みだった。

一枚、一枚、丁寧に――

今回の注文は十枚だが、見本の一枚に合わせて念入りに下描きをしているところへ、定《じょう》廻《まわ》り同心の広瀬保次郎《ひろせやすじろう》の声が聞こえてきた。

「こんにちは、先生。お律さんはご在宅ですかね？」

「ああ、お律なら……」

似面絵《にづらえ》かしら？　と、律は腰を浮かせた。

ひょんなことから保次郎を通じて、奉行所の似面絵描きを請け負うようになった律だった。お上の役に立てるのは嬉しいことなのだが、下手をすると似面絵の礼金の方が上絵より実入りがよいことがあって、早く一人前の上絵師になりたい律は複雑だ。

「広瀬――」

さん、と言いかけて、戸口から顔を出した律は慌てて付け足した。

「――の旦那さま」

月番でもないのに保次郎は帯刀《たいとう》していて、改まった身なりをしていたからだ。背後から数歩遅れて、もう一人似たような身なりの同心が一人の少年を伴って姿を現した。

「ああ、お律さん、よかった。今日はちと違う筋から似面絵の頼みがあってな。おっと、仕事中でしたか。すみませんが、先生、お宅をお借りしても？」

保次郎のちぐはぐな言葉遣いに戸惑いながらも、似面絵の依頼だと律は愛用の筆を持って隣人にて手習い指南所の師匠をしている今井直之《いまいなおゆき》の家に上がった。

「先生、お律さん、こちらは火盗 改《かとうあらため》の同心、小倉祐介《おぐらゆうすけ》という者です」

「火盗改……」

律と今井は同時につぶやいて顔を見合わせた。

俗に火盗、火盗改と呼ばれる火付盗賊改方は、放火や盗賊などの凶悪犯に特化して設けられた役目である。保次郎が勤める町奉行所とは組織も性質も異なるし、互いに反《そ》りが合わぬともっぱら噂されている。

「小倉と私は学友なのです。小倉の兄は二年前に病で亡くなり、小倉が役目を継ぎました」

それで律たちは合点がいった。

二年にはまだ満たないが、保次郎も殺された兄の跡を継いで同心となった。ゆくゆく今井のような指南所の師匠にでもなれないかと話していた矢先のことである。それまでは色白で細身の学者然とした保次郎だったが、この二年弱で日に焼けて足腰もしっかりしてきた。ただし定廻りらしいのは外見だけで、剣術や武術はからっきしの気さくで穏やかな若者だ。

「小倉祐介と申します」

今井と律に向かって、小倉は丁寧に挨拶をした。

「お律さんの似面絵の腕は、広瀬から常々聞いております。此度《こたび》はどうか、この者のためにも火盗にお力を貸していただきたい」

言ってから小倉は後ろに控えていた少年を振り返った。

少年は十四、五歳という年の頃。太い眉が凛々《りり》しいが身体はまだ細く、血走った目の下には年に似合わぬ隈《くま》がある。

「この者は治太《はるた》という名で、浅草の生薬屋《きぐすり》、万寿堂《まんじゅどう》の次男です。万寿堂は三日前の夜に盗賊に襲われまして……治太は逃げて行った男の一人を見ているのです。その男の似面絵を描いてもらえないかと」

「承知いたしました」と、律は即座に応えた。

万寿堂のことは事件の翌日に涼太から聞いていた。得意先を訪ねて行ったところ、浅草はその話でもちきりだったそうで、帰って来てから律たちに教えてくれたのだ。

夜半に押し入った盗賊は主を脅して金蔵を開けさせ、金を奪ったのちに主と妻を殺害して逃げたというのである。

確か、跡取り息子さんも大怪我を負ったと聞いたけど……

両親を殺され兄も重体とあっては、目の下の隈も頷ける。

小倉の横に座った治太が、両膝に拳《こぶし》を乗せたまま口を開いた。

「金さえくれりゃ命は取らねぇ。そう言ってたのに、やつら、親父を殺したんです。金蔵《かねぐら》を開けた後に……悲鳴を上げたおふくろもうるさいからと殺された。話が違うと、兄貴は怒って飛び出して……押し込みに気付いた兄貴とおれは、金蔵から少し離れた暗がりに隠れて様子を窺ってたんです。おれは怖くて……兄貴が刺された後も何もできずにただ隠れてました。でもおふくろを殺したやつの顔はしかと見ました」

盗賊はいくつか龕灯《がんどう》を持っていて、その灯りに照らされた横顔が見えたという。

「やつらは頭巾《ずきん》を被《かぶ》っていたけど、そいつは返り血が目に入って気持ち悪いからと、頭巾を取って拭《ぬぐ》ったんです。おふくろの血を……」

声と拳を震わせて治太は続けた。

「兄貴はいまだ瀕死《ひんし》の床に臥せったままで——おれは仇《かたき》を討ちたいんです！　やつらをとっ捕まえて親父やおふくろの仇を討ちたい！　許せない……おれたちは何も悪いことしてないのに——」

声を荒らげた治太に、伊三郎の姿が重なって見えた。

妻を助けられなかった後悔は、仇への憎しみをより駆り立てたに違いない。

私のおっかさんだって、何一つ悪くなかったのに——

治太の肩にそっと触れて小倉が言った。

「とっ捕まえるのは私たちに任せて、お前は今は兄を大事にするのだ」

「そうとも。だがまずは、その男の顔をお律さんに話してみなさい。顔の形、髷《まげ》、眉、目、鼻、口、耳、でこに首——思い出せる限りを言ってごらん」と、保次郎がうながす。

いつものように下描きをしながら顔の部位をそれぞれ確かめる。

丸顔に銀杏髷《いちょうまげ》。やや細い眉に下がぽってりとした鼻、耳の大きさは二寸半ほど。

治太の言葉を通して浮かび上がってきたのは商家の奉公人を思わせる容姿で、凶悪犯にはほど遠い。しかも治太が見たのは男の顔の右半分だけで、目立った傷やほくろなどの特徴がなかった。

「他に何かなかったかしら?」

これだけではいくらなんでも見つかるまいと思って、律は訊ねた。

「なんでもいいのよ。じっくり思い出してみて。着物や履物は覚えてない?」

「着物は黒で、足元は見てなかった……」

「じゃあ、手は? 頭巾を取った時に手を見なかった?」

「手は……こう、頭巾を取って——ごしごしと顔を拭って——」

治太が右手で顔を拭う真似をした。

今井が横から口を挟んだ。

「右手で頭巾を取ったのか? なら匕首《あいくち》は左手に?」

「あ、そうです。あいつは左手に匕首を持っていました」

「それは手がかりになりそうだ」と、小倉と保次郎が頷《うなず》き合った。

更に詳しく訊いてみると、男の手も普通より一回り大きいことが判った。通常、広げた手のひらと顔の大きさはほぼ同じなのだが、治太が覚えている男の手は顔を覆うほど大きかったようである。

特徴としては心許《こころもと》ないが、何もないよりましだった。

律は早速《さっそく》描き始め、今井は三人に茶を振る舞った。似面絵を待つ間、大人三人は市井《しせい》や政《まつりごと》の様子を語っていたが、治太はじっと仇の顔が次々と描き出されるのを見つめていた。

いつもの倍の二十枚を描くのに半刻《はんとき》ほどかかった。

「まことに些少《さしょう》であいすみませんが……」と、小倉が懐紙に包んだものを差し出した。

固辞するつもりで律が口を開く前に、保次郎が受け取り今井に渡した。

「お律さんの預かり金に足しておいてください」

「承知いたしました」

生前の伊三郎は余った実入りを少しずつ今井に預けていた。すぐ隣りとはいえ手元になければ無駄遣いすることもなく、小銭が溜まると今井が両替してきてくれる。律も父親が使っていた帳面を引き継いで少額でも余分な金は今井に預けるようにしていた。

とはいえ、上絵師としてはまだ半人前の律である。今は似面絵の礼金や弟の慶太郎《けいたろう》が請け負う駄賃仕事と合わせてなんとか暮らしを賄《まかな》っているが、それまでの出費で帳面の金額は大分減っていた。

「お律さん、ありがとうございました」

小倉の隣りで治太が深々と頭を下げる。

「人殺しが一日も早く捕まるよう、私も祈っていますからね」

治太の目をまっすぐ見つめて律は応えた。

三人を見送りに今井と一緒に木戸まで出ると、八ツの捨鐘《すてがね》が聞こえてきた。

ちょうど同じく客を見送りに出た涼太が、店の前で振り返って今井に訊いた。

「また何か事件ですか？」

「そうなんだ」

「そろそろ一休みしたいんで、ちと女将さんに断りを入れてきます」

「うむ、待ってるぞ。先ほどは私が茶を淹《い》れたんだが、何が悪いのか、涼太が淹れるような味にはならんのだ」

律も常から思っていることである。

「そりゃあ先生」と、涼太は苦笑した。「先生が教えてくれたんじゃないですか。『好きこそ物の上手なれ』ですよ」

「なるほど」

「学問ならともかく、茶なら先生より俺の方が愛着ありまさぁ」

やや伝法《でんぽう》な言葉遣いになってにやりとしてみせる。

律が今井宅で新たに湯を沸かしながら茶器を洗っていると、涼太はすぐに現れた。

そこへ追いかけるように保次郎が戻って来た。

「広瀬さん」

目を丸くした律に保次郎は懐紙《かいし》に包んだものを手渡した。

「いやはや、火盗の台所は厳しくてな。けしてお律さんをこき使おうという魂胆ではなかったのだ」

「そんな、いいんですよ」

小倉からの懐紙は開けていないが、いつもより少ない額が包まれていると踏んで、差額を保次郎自身の懐から払おうとしているらしい。

「こちらこそいいのだよ。お律さんや涼太のおかげで、この半年、私はいくつか手柄を立てることができた。金一封をもらったこともあったし、ささやかだが親孝行にもなっている。あの似面絵で下手人が捕まれば、あの子の無念も少しは晴れようし、ついでに小倉の手柄にも……それに戻って来たのはこのためだけではないのだよ」

「まだ他にも事件が？」

興味津々《しんしん》で問うた涼太へ、保次郎はにっこり微笑んだ。

「いやいや、先生の茶ではどうも物足りなくてな。涼太が表に出ていたのを見て、そこらを一回りして戻って来れば涼太の茶にありつけると思ったのさ。客を見送った後で切りがいいし八ツの鐘が鳴ったばかりだ。一休みにかこつけて、私が持ち込んだ事件の話を先生とお律さんに聞こうと思ったろう？」

「そりゃねぇですや、広瀬さん」

「涼太、そんなに事件に興味があるのなら――」

「御用聞きにはなりませんよ。俺は店のことだけで手が一杯なんです」

「そりゃないよ、涼太」

眉尻《まゆじり》を下げてあからさまにがっかりした保次郎が律には可笑《おか》しい。

「……とまあ、この調子でいつも振られてばかりなんですよ」

律と今井を見やって保次郎は肩をすくめた。

「そうだ。土産話はないが、一回りするついでにちょっと足を伸ばして手土産を買って来ました。ご近所だから先生たちには珍しくはないでしょうが、両親がここの菓子を気に入っていましてね。たまに土産にするんです」

そう言って保次郎が差し出した包みは、近所の佐久間町《さくまちよう》にある菓子屋・一石屋《いっこくや》のものだった。律が受け取って開くと、丸に一つ石の焼き印を押した饅頭が五つ入っている。

「一つは慶太郎に」

「お気遣いありがとうございます」

慶太郎は毎日手習いの後に上野へ行き、今井の友人で医者の春日恵明《かすがけいめい》のもとで雑用をこなしている。帰って来るのは夕刻だが、育ち盛りには饅頭は夕餉《ゆうげ》までの嬉しいつなぎだ。

盆に置かれた四つの茶碗に、涼太が順に茶を注ぐ。

先ほどより軽やかな青い香りが、茶碗を手にする前に鼻をくすぐる。

一口含んで保次郎がつぶやいた。

「ああ、やっぱり旨いなぁ……この時季は特にそう思うよ」

この時季、と保次郎が言ったのは、まだ新茶が出回る前だからだ。

「私も涼太に倣《なら》って、家であれこれ工夫してるんだが、茶葉は同じでも涼太と同じ味にはならないんだなぁ……これは一体何ゆえですかね、先生？」

「広瀬さん、『好きこそ物の上手なれ』というではありませんか。かの孔子も『これを知る者はこれを好む者に如かず、これを好む者はこれを楽しむ者に如かず』と仰っており——」

もっともらしく今井が話し始めたので、律は涼太と顔を見合わせて噴き出した。

二

日本橋の菓子屋・桐山《きりやま》で饅頭を二包み買い込むと、香は早足で相生町へ向かった。

今日はこそこそしなくても「前掛けのお礼」という大義名分が香にはある。

弥生も終わりに近付いて、朝晩冷え込むこともなくなった。あちこちの軒先から覗く木々の新緑にうららかな陽光が照り返し、道行く人々の顔を一層明るく見せている。

途中の茶屋で菜飯の握り飯を仕入れ、香が長屋の木戸をくぐったのは、昼の九ツの鐘が鳴る少し前だ。

「りっちゃーん」

子供の時から変わらぬ呼び方で声をかけると、開けっ放しの戸口から律が応えた。

「香ちゃん、いらっしゃい」

土間に入ると、律が木枠を片付けているところだった。

「ごめんなさい。お邪魔かしら?」

「ううん。朝から一仕事してさっき終えたところよ」

壁に立てかけられた木枠には、朝顔が二輪咲いていた。巾着には大き過ぎる布だが、着物を仕立てるには全然足りない。

「暖簾《のれん》なの。ほら、だから真ん中を挟んであるのよ」

「ほんとだ。上手くできてるわねぇ」

上絵師はただ描けばいいというものではない。絵柄によっては糸目を入れたり糊伏せしたりなど下準備に時間がかかるし、描いたのちには蒸さねば染料が定着しない。弟子のいない律はこれらを全て一人でこなしていた。

上絵師の家らしく、部屋には布を張る様々な大きさの木枠が揃っている。近頃は小物用の小さな枠しか使われていなかったから、久しぶりに見る大きな絵に香は見入った。

それぞれ一色しか使われていないのに、濃淡が花の形を柔らかく浮かび上がらせている。色も一つは銀朱《ぎんしゅ》、もう一つは薄縹《うすはなだ》とひっそりとしているのがいい。葉や蔓《つる》の色も花に合わせた落ち着いた色だが、筆に任せて描かれた蔓の弧には伸び伸びとした夏の爽やかさがある。

「素敵だわ。夏らしいのに涼しげで」

香の賞賛を律ははにかんで受け止める。

「暖簾なんて大仕事ね。すごいわ、りっちゃん」

「ううん、まだまだだよ。絵が大きいだけで着物とは比べ物にならないわ……ところで香ちゃん、今日は早くから一体どうしたの？」

仕事のことを愚痴るまいとする律がもどかしい。

いいのに。親友なんだから――

何につけても遠慮がちな律への、ささやかな不満を隠して香は言った。

「今日はね、前掛けのお礼に来たの。りっちゃんの描いてくれた前掛け、すごく評判いいのよ。お客さんもそうだけど、店の者にもご近所のお店にも――ふふふ、あの峰《みね》さまも出来栄えを褒めてくれたわ。多代《たよ》さまは渋々だったけど」

峰は香の姑《しゅうとめ》、多代は小姑《こじゅうと》――義姉《ぎし》――である。

銀座町の薬種《やくしゅ》問屋・伏野屋《ふしのや》に香が嫁いで二年半だ。まだ子宝に恵まれていないため、峰や多代からの嫌みが絶えない。夫の尚介《しょうすけ》はいつでも味方となってくれるが、「役立たず」の汚名が前掛けの評判で少しはそそがれたように香は思っていた。

「それは私も嬉しいわ」

「ほんと、りっちゃんのおかげよ！」

「何言ってるの。あれを考えたのは香ちゃんじゃない」

「でもきっと、他の人だったらあんなに上手《うま》くできなかったわ。あの忍冬《にんどう》の絵はとても判りやすいし、あの黄色がまたぴったりで――」

言いかけて、香は今日の二つ目の目的を思い出した。

「そうそう、その黄色のこともあって今日は早くに出て来たのよ」

「黄色?」

「ええ。あれは特別な色だって、りっちゃん、言ってたでしょう? 糸屋さんに特別に調合してもらったとかいう」

「頼んだものじゃないけど、井口屋《いぐちや》さんが自分のところで作った特別な染料よ」

「そう! そうなのよね。だから井口屋さんにもお礼に伺おうと思って来たの。一仕事終えたところならちょうどいいわ。りっちゃん、お昼の後に案内してちょうだい。八ツに間に合うようにお饅頭を届けましょうよ」

「え、ちょっと香ちゃん……」

「そうと決まったら、ちゃっちゃとお昼を食べちゃいましょう」

香は持って来た握り飯の包みを開き、一つつまんでから律の前に押しやった。

忙しいようなら井口屋への絵図だけ描いてもらおうかと思って来たが、律が空《あ》いているなら好都合だ。

染料の礼など、こじつけもいいところなのは百も承知だ。

律の縁談の相手である、井口屋の次男・基二郎《もとじろう》が見てみたいだけであった。

律も一緒なら「見るだけ」どころか、挨拶や小話くらいはできると踏みながら香は律を急《せ》かした。

井口屋は、相生町からそう遠くない川南の岩本町《いわもとちょう》にあった。

店は間口二間でそう大きくないが、客の入りは悪くない。手隙《てすき》に見えた手代に声をかけようとした矢先、主らしき男が律に気付いた。

「お律さんじゃないですか。――すいません、少々お待ちを。おい平太《へいた》、ちょいと基《もと》を呼んできておくれ」

律に客に丁稚にと次々声をかけてから、香の方にも如才ない会釈を送ってくる。

「店主の荘一郎《そういちろう》さんよ」

律が香へ囁《ささや》いてすぐに、奥の暖簾から男が一人顔を出した。小さく頭を下げて、手振りで香たちを奥へとうながす。

これが基二郎かと、香は男の顔を見ながら会釈を返した。

「お律さん、どうぞこちらへ」

「あのぅ、急に押しかけてすみません。今日は香ちゃ――あ、あの、伏野屋のおかみさんがお礼に伺いたいと……」

「伏野屋の？」

暖簾の向こうの廊下で香の方から名乗った。

「香と申します。本日は夫の尚介に代わり、前掛けのお礼に上がりました」

「前掛け……？　あ、すみません。私は基二郎と申します」

戸惑いながらも基二郎は香たちを座敷に案内した。

座敷で改めて挨拶を交わし、香は桐山の菓子を差し出しつつ基二郎を窺《うかが》った。

背丈は兄の涼太と同じくらい。線はやや細いが、職人だけになまっちろさはない。面長《おもなが》で目は細め、頰に少しにきびの跡があるものの、顔だちはけして悪くなかった。着物は木綿《もめん》の単衣《ひとえ》だが絶妙な舛花色《ますはないろ》で、同じ物を尚介に着せたいくらいである。

基二郎の容姿は既に律から聞いて――というより無理やり聞き出して――いたのだが、嫁取りの当てがないというくらいだから大した男ではなかろうと高をくくっていた香だった。

――客の前なんだから前掛けくらい外したらいいのに。手も汚れたままだし、髷も乱れてだらしないわ。

とりあえずこき下ろしてみたものの、それが言いがかりなのは己がよく判っている。

手は染料で染まっているが、前掛けが少し濡れていることから洗ってきたのは間違いない。汚れた前掛けと合わせて、律にもよくあることであった。気の置けない親友だからこそ仕事中の気さくな恰好も互いに気にしないが、それはつまり基二郎と律もある程度親しみがあるということである。

髷が乱れているのはおそらく頭にしていた手拭いを取ったからで、無造作に首にかけられた手拭いには逆に職人らしい色気を感じる。

「わざわざ、うちにまで足を運んでくださって……でもあの色はお律さんに言われたままを出しただけで、その、俺——いや私どもは何もしとらんのです……」

兄の荘一郎と違って基二郎は口下手らしい。

そんな基二郎をかばうごとく律が口を開いた。

「そんなことありません。私は上手く言えなかったのに、吸葛《すいかずら》って聞いただけで、基二郎さん、すぐにぴんときたでしょう？　本当にびっくりしたんですよ」

「あれはたまたまで……そうあることじゃありません。しかしそんなに評判なら、私も近々銀座町まで出向いて見て来ます。丁稚は白いのだけだが、手代と番頭のには一輪ずつ黄色の花を入れたんでしたね？」

「ええ。遠目からじゃ判りにくいかもしれないけど——ううん、基二郎さんならきっと一目で判ると思います」

「そいつぁ、どうでしょう」

「あの、その着物ももしかして基二郎さんが？」

「ええ、まあその、糸を染めた後に染料が大分残っちまって、だったら反物を染めてみるかとやってみたんですが、糸のようにはいかなくて……ちとむらが出ちまいました」

て頭を振った。

「むらなんてちっとも判らないわ」

ぼんやりと、揃いの前掛けをして共に仕事にいそしむ二人の姿が思い浮かんで、香は慌

「お香さん？」

「本当ね、お律さんの言う通り、むらなんて一つも見当たらないわ」

にっこり笑って誤魔化したものの、内心穏やかではない。

香に遠慮しながら、律と基二郎は着物についてしばし語った。

職は違えど染料を使うという共通点が二人にはある。互いに控えめな口調なのに話は弾んでいるようで、香はやきもきせずにいられない。

茶を用意させるという基二郎へ断って、早々に辞去して表へ出た。揃って見送りに出た兄弟には丁寧なお辞儀で応えたが、井口屋が見えなくなるとつい早足になってしまう。

「香ちゃん、そんなに急がなくても」

「だってもうじき八ツだわ。帰ったらちょうどお茶の頃合いよ。先生ももう帰っているでしょうし、お兄ちゃんにお茶を淹れてもらいましょ」

「涼太さんは忙しいかもしれないわ」

「そんなことあるもんですか」

「もう、香ちゃん……」

和泉橋《いずみばし》を渡ったところで八ツの捨鐘が鳴った。

長屋の木戸をくぐると、律の家の手前にある今井宅から涼太の声が聞こえてくる。

「お兄ちゃん！」

「なんだ香？　大声出しやがって」

「なんだって何よ？　お茶を飲みに来たに決まってるじゃないの」

「いばって言うことじゃあねぇだろう。挨拶もできねぇやつに出す茶はねぇや」

「先生、こんにちは。お邪魔させてくださいね」

「なんでぇ、そのつんけんした言い方は――」

「あ、私、桐山のお饅頭を持って来たのよ。ちょっと取って来るわね。りっちゃんは先に上がっててちょうだい」

香が律の家に行く合間に、今井が訊ねるのが聞こえた。

「二人してどこかに出かけてたのかい？」

「ええちょっと、川南に……」

さっと饅頭の包みを取って戻ると、言葉を濁した律の後ろから香は応えた。

「井口屋へ行って来たのよ」

「井口屋というと――」

微《かす》かに兄の目に走った動揺を香は見逃さなかった。

「前掛けの染料のことでお世話になったから、りっちゃんとお礼に伺ったのよ」

しれっと言ってから付け足した。

「お客さんがいたから店主の荘一郎さんには挨拶しかできなかったけど、基二郎さんとはゆっくりお会いできたわ。ねぇ、りっちゃん？」

「ええ……あの黄色は基二郎さんが作ったものだったから、ちょうどよかった」

「しかし染料の礼なんて——相手はびっくりしてたろう？」

「そんなことないわ。座敷に通してくださって、染料のことをいろいろお話ししたの。例えば舛花色は、五代目市川團十郎《いちかわだんじゆうろう》が好んだ色なんだけど、お兄ちゃん、知ってた？」

先ほどの二人の話を思い出して、付け焼刃の知識を香は披露した。

「染料じゃなくて役者の話じゃねぇか」

茶を淹れながら涼太が呆れる。

「基二郎さんがご自分で染めたっていう着物が、その舛花色だったのよ。落ち着いた色合いでとっても粋だった。ね、りっちゃん？」

涼太の嫉妬を煽《あお》ろうと、香は再び律に同意を求めた。

「そうね。あまり見ない灰青《はいあお》で……基二郎さんに似合ってた」

躊躇《ためら》いがちに応えた律の声には明らかな好意が含まれていて、香は慌てた。

まさかりっちゃんに限って、心変わりなんてことは——

口では否定しているが、律の兄への愛情を香は疑っていなかった。

だが基二郎が律にとって「良縁」なのは間違いない。向こうは律が仕事をするのを認めた上で、慶太郎も一緒に引き取ると言っているのである。

「りっちゃん、もしかして――」

この縁談を受けるつもり？

思わず香がそう問いそうになったところへ、おずおずと丁稚が顔を出した。

「あのぅ、若旦那。尾上《おのうえ》さまがお見えで……」

「判った。今行く」

すぐさま立ち上がって涼太が草履を履いた。

尾上って――綾乃《あやの》とかいう女の――

じろりと睨《にら》んだ香を無視して、涼太は律に声をかけた。

「お律、すまねぇが片付けを頼む」

「ええ」

そう律が応えた矢先に別の丁稚がやって来た。

「お律さんはいらっしゃいますか？」

青陽堂の丁稚ではなく、今度は池見屋《いけみや》の丁稚である。

「女将がこちらをお律さんへ届けるようにと」

「それなら家の方へどうぞ」

律も出て行くと、今井が香を見やって苦笑した。

「お香もご苦労なことだ」

「まったくです」

「それにしても五代目團十郎とは言い得て妙だったな」

「え？」

「お香は路考茶色《ろこうちゃいろ》の由来を知ってるかい？」

「もちろんです。路考は二代目瀬川菊之丞《せがわきくのじょう》の俳名で、路考茶色は菊之丞が八百屋お七《しち》の下女役で着てた着物の色でしょう？」

寛延《かんえん》から安永《あんえい》にかけて活躍した路考は美貌の女形で、髷や櫛《くし》までその名を冠したものが江戸中で大流行した。

「その通りだ。五代目團十郎は俳名を白猿《はくえん》といった。舛花色は白猿が好んだ色だが彼《か》の者の名を冠した色ではない。美貌の路考ほど売れはしなかったが、白猿は顔よりその芸技によって大衆より通人に好まれたといわれている」

それは知らなかった。

りっちゃんは知ってたのかしら？

だから基二郎さんに「似合ってた」って――

「先生……」

恨めしげに見上げた香へ、今井はいたずらな笑みをこぼしたのみだ。

もう……お兄ちゃん、どうするのよぅ。

香は八つ当たりの矛先を涼太へ向けるべく、店の方を睨んで頬を膨らませた。

三

香と井口屋を訪ねてから二日後、律は番町《ばんちょう》にいた。

神田川の北をぐるっと回り、牛込御門《うしごめごもん》を通り過ぎ、市谷《いちがや》御門で川を渡った。

深川へ行くのとそう変わらぬ距離だが、武家屋敷の連なる番町へ律が足を踏み入れたのは初めてだ。風呂敷包みを抱えて届け物を装ってはいるものの、女一人で武家町を行くのは緊張する。

先だって越前福井藩の侍・多田源之助《ただげんのすけ》は五年越しの仇討ちを果たした。渡り中間《ちゅうげん》として武家に潜り込んでいた多田の仇を見つけたのは涼太で、同じ日に伊三郎が描いた似面絵の男——辻斬り——らしき男も目撃している。

涼太にそのことを確かめたのは弥生《やよい》の頭で、あと七日もすれば卯月《うづき》がくる。

伏野屋と青陽堂の前掛けに、池見屋から頼まれた暖簾絵と、忙しい日々が続いていた。上絵師としては嬉しいが、仇と思《おぼ》しき男のことを忘れていた訳ではなかった。

——相手はお武家だぞ。疑うなら慎重に——

そう涼太は言った。「少しずつ探ろうと思ってた」とも。その言葉は疑っていないものの、涼太は涼太で忙しそうだ。得意先への届け物は毎日ではなく、行先も番町とは限らない。

それなら私が自分で——と、律が思い立ったのは、治太と話したからかもしれない。

万寿堂を襲った盗賊は今尚捕まっていなかった。治太の兄もまだ予断を許さぬ状態にあると保次郎から聞いている。店は番頭が切り盛りしているそうだが、殺人があった生薬屋など縁起が悪いと客足は遠ざかりつつあるらしい。

治太は今年十四歳だという。

母親が殺された時、律は十六歳だった。

おっかさんだけでもつらいのに、二親ともそれも目の前で殺されたなんて……

十日前の両拳を握りしめた治太を思い出して、律は唇を嚙んだ。

多田の仇が勤めていたという小林家は、帯坂《おびざか》を上った先にあると聞いていた。

帯坂は、かの有名な怪談「番町皿屋敷」の菊が帯を引きずって走ったということからその名がついたといわれている。律は歌舞伎も浄瑠璃《じょうるり》も観たことはないが、「番町皿屋敷」は夏の素人講談でも定番の演目だ。作り話だと思いつつも、どことなくしんとした帯坂を律は早足で上って行った。

坂の上にはどこまで行っても似たような旗本屋敷が並んでいる。

武鑑《ぶかん》を調べてくれればよかったのだが、相生町で武鑑を所持している者は少ない。番屋と青陽堂にはあるに違いないが、どちらにも見せてくれとは言いにくく、律は大雑把《おおざっぱ》な絵図だけを頼りにここまで来た。

武士の多田は剣にて仇を討ちとった。しかし律は武器も武芸の心得も持たぬ一庶民だ。女ゆえに、取っ組み合いの喧嘩でさえこの年まで一度もしたことがない。女の己にできるのは、何よりまず下手人を見つけること、それから確たる証拠をつかむことだろう。

全てはそれからだ。

番町で仇と思しき男を見たのは涼太だけではない。

伊三郎の友人の達吉から聞いた話では、伊三郎自身も番町を探っていたという。

伊三郎は手が利かなくなってから、毎日のように外へ出かけていた。ただの気晴らしだと思っていたが、おそらく妻・美和の仇を探していたのだ。

おとっつぁんの無念は私が晴らしてみせる。

そう意気込んで出て来た律だったが、町人の町と違い武家町には看板や表札が一切ない。

肝心の小林家でさえどこにあるか判らぬ体《てい》たらくであった。

侍を見かける度にうつむいて道の端に身を寄せる。

いつまでもこうして歩いてるだけじゃ、埒《らち》が明かない……

女だから、居職《いじょく》だからと、甘えてきた己を律は叱咤《しった》した。前から歩いて来た商人らしき男に思い切って声をかける。

「あの、お急ぎのところすみません。小林さまのお屋敷はどちらでしょうか？」

「小林さまというと、どこのだい？」

「どこのというと……帯坂を上った先にある小林さまです」

律が言うと、男は苦笑しながらも応えてくれた。

「この辺りだと、私が知ってるだけで五つは小林家がある」

「そんなに？」

「ここから一番近いのは、ほら、そこの向かいの屋敷だね。この真裏の東から五、六軒目も確か小林さまだよ」

甘かった。

男に言われた二軒の前を二回ずつ回ってみたものの、そう容易《たやす》く仇らしき男が見つかる筈もない。町娘が武家町を長々とうろつく訳にもいかず、律は早々に諦めて帰路についた。

翌日、思いついて律は池見屋を訪ねた。

勘の鋭い類《るい》がいなかったのは幸いだった。弟の遣いのためと偽って、武鑑があれば見せて欲しいと手代の一人に頼むと、親切に番町の詳しい絵図も一緒に出してくれた。読めなくはないが漢字が苦手な律はこれ幸いと、帯坂辺りの絵図を持参した紙に手早く写し取った。

――仕事の合間に律は番町に通うようになった。

朝出かけることもあれば、昼からの時もある。毎日ではないものの、自然と今井や涼太と茶を飲む日が減った。

「このところ、よく出かけてるな」

「花やら鳥やらを見に出てるのよ。家にこもってばかりじゃなくて、もっと外でいろんなものを見て来いと、お類さんにも言われているから」

涼太の問いは類の名を出して誤魔化した。

番町行きを隠したのは忙しい涼太を慮《おもんぱか》って――というのは建前で、言えば止められそうな気がしたからだ。それに涼太は近頃一層仕事に励んでいて、今井宅でも長居はしない。

――これは私の仇討ちだもの。

涼太さんだけに任せておくのは筋違いというものよ……

茶のひとときが減ったのも、涼太への想いを打ち消すのにちょうどいい。

涼太は口にしないが、浅草の料亭・尾上が得意先をいくつか紹介してくれたようだ。尾上の娘で涼太を慕っている綾乃は、月に二度涼太が茶葉を届けているにもかかわらず、足繁く青陽堂に顔を出しているらしい。

手代からそのことを聞き出した香はぷんすかしていたが、こうして緩《ゆる》やかに違う道をゆく方が、突然の別れよりも未練にならぬだろうと、ざわめく己の胸を律はなだめた。

それに涼太に言ったことはまったくの嘘ではなく、番町への道中、花や鳥に目を留めて矢《や》立《たて》を取り出すことがままあった。

ほどよい陽射しとそよ風を浴びながら描いていると、つい真の目的を忘れそうになる。

弥生《やよい》も終わり、桜を始めとした木々が青々しい。つつじや文目《あやめ》の花が目につくようになった卯月《うづき》の九日目に、律はとうとう仇と思しき男を見かけた。

四

いくつもある「小林家」の一つの、門から少し離れたところで話し込んでいる男が二人いた。一人は脇差しを腰にした明らかな侍で、もう一人は中間《ちゆうげん》らしき身なりをしている。中間風の男がうりざね顔で、右目の上にほくろがあるのを通りすがりに律は認めた。

今一度顔を確かめたく、道に迷ったふりをして戻ろうかと足を緩めた時、「じゃ、私はこれで」と、男の一人が暇《いとま》を告げたのが聞こえた。

後ろから歩いて来た男を道の端に止まってやり過ごし、そっと顔を盗み見る。

幸いやって来たのは中間風の男の方で、右目の上のほくろの位置はまさに父親が描いた似面絵と同じ場所にあった。目鼻立ちも似面絵の雰囲気に似ている。

早鐘を打つ胸に風呂敷包みを固く抱き、律は男の後をつけ始めた。

どこか別の屋敷から遣いに来たのかと思いきや、男は市谷御門を抜けて川沿いを北へ歩き出した。川沿いの店を二軒ほどひやかして、牛込御門を西へ折れて神楽坂《かぐらざか》を上って行く。

ゆっくりとした足取りでも男だけに大股だ。途中幾度か小走りになりながら、律は懸命に男の後を追った。

もう少し北に行くと、父親の伊三郎の遺体が見つかった江戸川がある。伊三郎が死した日、ろくに飲まずに居酒屋を去ったのは、この男を探るためだったのではなかろうか。

この人がおっかさんの仇——

疑惑を深めた律が足を速めたところへ、男がひょいと振り向いた。

「娘さんよ……さっきからなんだい？」

五間ほど戻って来て男はにやにやと律を見つめた。

とっさのことで律は口が利けなかった。

「帯坂からずっと俺をつけて来たろう？　俺になんか用かい？　なんだったらそこの茶屋で茶でも飲みながら話そうじゃないか」

「私は——あ、あなたは六年前に——」

しどろもどろになりつつも男を睨みつけると、男はきょとんとした顔をして言った。

「六年前？　とすると——あんたも大坂から来たんか？」

「大坂？」

「俺は五年前に江戸に出て来たんや。大坂では柳月楼《りゅうげつろう》で板前をしとってな。ほれ、高麗橋《こうらいばし》の近くの……」

「高麗橋？」

「高麗橋を知らんのか……」

男は落胆したが、すぐに気を取り直して江戸の言葉で言った。

「ということはあんた、大坂のもんじゃあねぇな。六年前にどうしたんだい？　俺に似た男に袖にされでもしたか？」

「そ、袖に……」

「だとしたら先見《せんけん》の明《めい》がなかったなぁ——おっと、お前さんのことじゃねぇ。お前さんを袖にした男のことさ。もったいねぇよ。その男ももったいねぇことしたが、あんたも、いつまでもそんなやつを恨むのはもったいたいねぇや」

違う……この人じゃない。

男の人懐こさにはまだ少し胡散臭《うさんくさ》さを感じていたものの、大坂から来たというのは本当だろうと踏んだ。六年前に大坂にいたのなら母親の美和の仇である筈がない。それに男は懐に匕首らしきものを忍ばせているだけで、木刀さえ帯刀していない。恰好は中間でも言葉遣いや振る舞いは町人のもので、剣術を使うようには見えなかった。

「恨んでなんか……いえ、恨んでるけどあなたじゃなくて——つまり人違いだったんです。

どうもすみませんでした」

頭を下げて立ち去ろうとした律の前に、男が回り込んだ。

「待ちねぇ。これも何かの縁だ。すまねぇってんなら、娘さん、俺にちょいと付き合っておくんな」

「私は、その――」

うろたえた律を見て男は笑い出した。

「何もとって食おうってんじゃねぇや。俺にもまあ、これと決めた女がいるんだ。そいつのご機嫌取りに何か小間物を買ってきてぇんだが、江戸の女はどうも大坂の女と好みが違う。俺を怖がらせた詫《わ》びだと思って、あんたが見繕ってくれよ」

「怖がらせたなんて……」

「後をつけられるなんて、俺はびくびくもんだったんだぜ……ああでもあんた、届け物の途中かい？」

茶目っ気たっぷりに言いながらも気遣いを見せた男へ、律は己が上絵師だと明かした。

番町で咎められても言い訳できるよう、風呂敷には上絵の見本を包んであった。

興味を示した男にうながされ、結局近くの茶屋の暖簾をくぐる。

四郎、と男は名乗った。

うりざね顔のすっきりとした顔立ちで、一見二十七、八歳に見える。だが笑った時の目尻の皺《しわ》はやや深く、もしかしたら既に三十路《みそじ》過ぎかもしれないと律は思った。

「文字通りの四男さ。郷里は兄弟が幅を利かせてっから、俺は江戸で一旗揚げようと出て来たんだが……まあお江戸はでかいやね」

口入れ屋に仕事を探しに行ったところ、上方《かみがた》言葉が話せるなら商家よりもいい奉公先があると言われ渡り中間になったという。

「昨今はお武家の台所も楽じゃねぇからなぁ。中間なんて大した金にならねぇだろうと思ったらそうでもねぇのよ。今の奉公先は上方贔屓《かみがたびいき》で、何かと重宝されてんのさ」

確かに中間の給金は微々たるものだ。しかし重用されている四郎には、遣いに行く先々で渡される「心付《こころづ》け」がよい収入源となっているようである。

「用事がないときゃ好きにできるし、いい身分だよ、中間ってのは。今日の遣いはあれで終わりで、今夜は久しぶりに女としっぽり過ごすつもりさ」

「はあ……」

せがまれて律が広げた上絵の見本を、四郎は感心しながら手に取った。

「……これ全部、本当にあんたが描いたのかい？」

「ええ」

「そいつぁすげぇや……女の職人さんだけあるね。この文目なんか見事なもんだ」

女の、などと言われると、いつもならかちんとくるのだが、四郎の言葉に悪気がないのは明らかだ。それに四郎の指した絵はつい先日描いたばかりの、律も気に入っていたものである。褒められて悪い気はしなかった。

「それは一初《いちはつ》です」

「一初？」

「文目の中でも一番に咲くんです。先ごろ咲き始めたから今がちょうど花盛りです」

「あはははは。そりゃあいいや。――というのも俺の女がね、波津《はつ》って名なのさ。お律さんは巾着絵やらを描いてるってったね。そこらの小間物なんざつまらねぇ。ここは一つ、お律さんに描いてもらおうか」

「でも今からじゃとても今夜に間に合いません」

「いいっていいって。今日は菓子かなんかで誤魔化すさ。巾着は次のお楽しみだ。……ところでお律さん、あんた、誰かを恨んでるってったろう？」

「それは……」

「そいつは俺に似てるんだろう？　だったら、俺に心当たりがねぇこともねぇぜ？」

「えっ」

五

浅草から戻った涼太は、店より先に裏の長屋へ足へ向けた。

帰り道で、万寿堂を襲った盗賊が捕まったと聞いたからである。

七ツ半を過ぎた頃合いだった。

今日は今井が上野に行くというので、休みも取らずに届け物に出ていた。

今井がいなくても、事件のことなら訪ねて行っても不自然ではない。治太を案じていた律に、万寿堂のことをいち早く知らせたかった。

井戸端では長屋のおかみたち、勝《かつ》と佐久《さく》が雑談に興じていた。会釈でやり過ごした涼太だったが、律の家に近付いて二人が意味深《いみしん》な目をした理由が判った。

開かれた引き戸の向こうから、知らない男の声がする。

「京が、京がって、江戸もんは京都ばっかりありがたがるが、大坂もいいぜ、お律さん」

井口屋の基二郎は京の染物屋で修業したと聞いている。

ぱっと嫉妬の炎が胸に灯った。

——真昼間《まっぴるま》とはいえ、女一人の家に上がりこむたぁ、太《ふて》ぇ野郎だ！

己のことを棚に上げて悪態をつく。

「高麗橋ってのは、大坂の日本橋みたいなもんでさ」

「じゃあ柳月楼というのは百川《ももかわ》みたいな料亭かしら。そんなところで板前さんをしてたなんてすごいじゃないですか」

「そんなてぇしたもんじゃねぇのよ……」

板前、と聞いて涼太は内心首をかしげた。

基二郎じゃねぇなら、いってぇ誰でぇ——？

「お律」

一声かけて、返事を待たずに土間を覗いた。

「涼太さん」

律が目を丸くしたのは男と話し込んでいたからだろうか。そうでなければ井戸端での挨拶が聞こえていた筈だった。男はあがりがまちに腰かけているが、片足の草履《ぞうり》を脱いでくつろいでいるのが気に障《さわ》る。

男のうりざね顔と右目のほくろを一瞬で見取って、涼太は目を見張った。

「この人は違うわ」

慌てて律が言った。

「四郎さん、こちらは表の青陽堂の若旦那さんです。涼太さん、こちらは四郎さん。今日は巾着の注文に来てくだすったんです」

「青陽堂の涼太と申します」

「四郎だ」

頭を下げた涼太に対し四郎は頷いただけだ。

四郎の方が明らかに年上で、身なりからして武家勤めらしい。下に見られるのは仕方ないと思うものの、にやりとした口元は鼻持ちならなかった。

とはいえ、感情をそのまま見せぬだけの分別が涼太にはある。

「万寿堂を襲ったやつらが捕まったって聞いたから、知らせに来たんだ」

「まあ……よかった！」

「お律の描いた似面絵のおかげで、男の出入りしていた質屋が判って、質屋もろとも一網打尽になったそうだ」

似面絵を片手に火盗改たちが聞き込みをしていると、意外にも日本橋の商人がそれらしき男を見たと言い出した。

「浅草寺《せんそうじ》から更に北の山谷町《さんやちょう》にある質屋でな」

「山谷町？」

小首をかしげた律に四郎が言った。

「吉原《よしわら》の東にある町だ。何軒か質屋が連なっていて、質入れしてから行くやつもいれば、付け馬が客を連れて行くこともあんのさ」

平静を装う律は愛らしいが、あけすけな四郎には腹が立つ。

「その質屋がぐるで、盗人どもに万寿堂を勧めたのも質屋だったそうだ。万寿堂の主人は仲間のつけを払うのにその質屋に行ったことがあった。その時仲間と交わした話から、こいつは貯め込んでいると踏んだらしい」

「ひどいことを……でも捕まってよかったわ。人殺しが逃げっぱなしじゃ、死んだ人が浮かばれないもの。わざわざ知らせに来てくだすってありがとうございます」

他の家なら客に遠慮してすぐに辞去するところだが、ここで去るのは躊躇われた。莫迦丁《ばか》寧な律の返答もそうだが、知らせにかこつけて律と二人きりでしばし過ごせるという思惑《おもわく》が外れたのも癪《しやく》である。

何より四郎の素性《すじよう》が気になる。

少しずつ仕事が増えてきた律だが、客がじきじきに家まで来ることなど今までなかった。

「お律に巾着絵を頼むとは、四郎さんはお目が高い」

言いながら涼太もあがりがまちに腰を下ろした。

「うちも先《せん》だってお律に前掛けを頼んだところです」

「前掛け？」

問い返した四郎には律が応えた。

「そ、そうですか」

「ええ。青陽堂さんのは先代から引き継いだものですが、先月は銀座町の伏野屋さんの新しい前掛けを手がけました」

「へぇ、伏野屋なら俺も名前を知ってらぁ。銀座町は松野家《まつのや》ってとこによく行くんだ」

百川には負けるが、松野家もそこそこ名の通った料亭だ。

「先ほどちょっと耳にしたんですが、四郎さんは大坂にいらしたんですか？」

身なりと言うことがちぐはぐな気がして、涼太は問うてみた。

「五年前までな」

「私は生まれてこのかた、江戸から出たことはありませんが、高麗橋や柳月楼の話はお得意さんから聞いたことがあります」

「そうかい」

その得意客も律と同じように、柳月楼を百川に例えていた。

「大坂では板前をなすってたのに、今はお武家にお勤めなんですか？」

「ああ。上方贔屓の屋敷で重宝されててな。中間ってのは板前より楽でいい」

ちらりと盗み見た四郎の手には包丁だこが見当たらない。が、江戸に来てから五年も包丁を手にしていないとしたら頷けないこともなかった。

しかし四郎の言葉がどうも引っかかる。

「江戸の言葉に慣れてらっしゃいますね」

「そりゃあ、郷に入っては郷に従えっていうからな」

武家勤めなら武家の――ひいては江戸の――言葉に倣《なら》うのは当然だ。だが上方贔屓の武家なら、上方の言葉を咎められることはなかろう。何かと上方をありがたがる江戸市中でも同じである。

上方言葉の方が女にもてるだろうに……

つまらない嫉妬なのは承知している。

涼太の日本橋への負けん気は上方にも向けられている。粒ぞろいの職人を始め、江戸ものにも上方に負けないものはたくさんあるというのに、日本橋の店や客がもてはやすのはやはり「下りもの」が多い。店者《たなもの》の中には上方の出でもないのに、わざわざ上方言葉を真似て使う者もいるくらいだ。

「松野家といえば穴子《あなご》料理が絶品と聞いております」

「そうらしいな。……いやほら、俺はお伴で行くだけだからよ」

――一介の中間が松野家でそうそう食える筈がねぇ。

そう推察して探りを入れたつもりだった。伴ならありうる話だが、歯切れの悪い応えがやはり気になる。

勘ぐり過ぎか……？

しかし律が絡んでいるとなると、なかなか腰を上げにくい。

「お律のことは、池見屋かどこかでお知りになったんで？」

「池見屋？　いや、お律さんとは――」

「上野で会ったんです」

四郎を遮って律が応えた。

「池見屋は不忍池《しのばずのいけ》の近くにある呉服屋さんです」と、四郎の方を向いて更に付け足す。

「ああそうそう。上野の花見で会ったのさ」

「花見？」

「そうよ。上野にお花見に行った時にお会いしたのよ」と、律が頷く。

律は言わなかったが、長屋の花見で岩本町の糸屋・井口屋の次男に会ったことは香から聞いていた。「奥手な二人の顔合わせ」は、長屋の佐久が仕組んだことだという。

香のやつ……と、涼太は胸の内で妹に八つ当たりした。

先日は基二郎のことを引き合いに己を焚き付けたばかりか、綾乃のことを散々責め立ててから帰った香だった。「憶測だけでものを言うな」と、どやしつけてやったものの、律にも綾乃との仲を疑われているのではないかと思うと気が気ではない。

弁解の機会を窺っていたのだが、今井の前ではどうも切り出せず、近頃は茶を共にする機会も減っていた。今日こそはと思って来たのに四郎に出鼻をくじかれたのだ。

……基二郎どころじゃねぇ。とんだ伏兵《ふくへい》がいたもんだ。

香はこいつのことを知らねぇのか、知ってて俺に黙ってんのか。

大体、長屋の花見は大川だった筈だが――

王子《おうじ》に行った際少し花見をしたと聞いていたが、上野にも行っていたとは知らなかった。

「上野にも花見に行ったのか？」

「ええ」

「お類さんと……？」

「一人でよ。晴れ間を見計らってふらりと一人で出かけたの。満開の桜の絵を描《か》いとこうと思って……」

「若い娘さんが一人で何やら描いてるからさ。つい声をかけちまった。訊きゃあ、上絵師だっていうじゃねぇか。まだ駆け出しで着物は手がけてねぇってことだが、こちとらも着物を頼むような金はねぇ。だが巾着くれぇの贅沢はいいだろうと思ってな」

「巾着は、その、奥さまへの贈り物かなんかで……？」

「いいや」と、四郎は言下《げんか》に否定した。「俺はまだ独り身さ。そろそろ所帯を持ってもいいって気にはなってるがね……いい年だし、遣いに出るのに恥ずかしくねぇ巾着が欲しくてな。お律さんは鳥の絵も得意らしいから、大瑠璃《おおるり》でも描いてもらおうか」

律を見やって四郎が微笑む。

このところ律は毎日のように出かけていた、と涼太は思い返した。

江戸の花見はもう一月以上も前の話だ。

花見で四郎に出会っていたのなら、ここしばらくも出かけたついでに外で四郎に会っていたのかもしれない。

それともまさか、こいつに会うために出かけてたのか……？

茶でも飲みつつ今少し探りを入れようと思ったところへ、律が言った。

「涼太さん、万寿堂のことありがとうございました」

「え、ああ」

「四郎さん、明神《みょうじん》さまへ参られるんですよね？　ご案内いたします。巾着のことは道々ゆっくり……」

「ん？　せやな。助かるわ」

上方言葉で応えて、にっこり笑った四郎が立ち上がる。

「すぐに支度しますから、通りで待っててもらえますか？」

「もちろんや」

こうなると涼太も辞去する他ない。

「お律――」

「そろそろ店にお戻りになった方が」

囁き声だったが咎めるように言って、律は涼太の目の前で引き戸を閉めた。

勝と佐久の好奇の目を背中に感じながら、涼太は四郎に続いて長屋を出た。

卯月に入って日は長くなったが、じきに六ツの鐘が鳴る。

「今からお参りですか？」

「あかんか？　俺かて神仏に祈りたくなる時があるわ。俺は神田はよう知らんし、お律さんみたいな別嬪《べっぴん》の案内を断る阿呆《あほう》がおるかいな」

「……差し出がましいことを申しました。では、私はここで」

「おう」

慇懃《いんぎん》に挨拶はしたものの、頭は下げなかった。

にやにや己を見やる四郎に背を向けて、涼太は店に戻った。

が、つい気になって、手代の一人が客の見送りに出るのに伴ってすぐに再び表へ出た。

客を見送りつつ通りの西――神田明神の方を見やった涼太の目に、よそ行きの帯を締め、四郎の横を歩く律の背中が映った。

六

「あっはっは……」

相生町を離れて一町も歩くと四郎が笑い出した。

「四郎さん――」

「ああ、面白ぇ。お律さんよ、あの男とは一体どういう仲なんだい？」

「どういうって、その……」

「おっと、話は酒の肴《さかな》としようや。俺のおごりだ。どうだい、一杯？」

躊躇ったが、表に出てきたのは気兼ねなく話をするためだ。

御成街道を渡り、四郎に誘われるまま律は居酒屋の暖簾をくぐった。

座敷というほどではないが、衝立《ついたて》で仕切られた奥の畳の間に上がると四郎は早速酒を注文した。ほどなくして酒の載った折敷《おしき》が運ばれてくる。

「私はお酒はあまり……」

「じゃあ、一口だけだ」

無理強いすることなく、四郎は一口分だけ律の杯に酒を注《つ》いだ。

年越しや花見の席で酒を飲むことはあっても、居酒屋へ入ったのは初めてだった。辺りを窺いながらおそるおそる口をつけてから、酌を返していないことに気付く。

「お酌を」

「いい、いい。気にすんな。それよりあの涼太って野郎のことを聞かせてくれよ」

「涼太さんはただの幼馴染みです」

「ははは、向こうはそうは思っちゃいねぇみてぇだがな。平気なふりをしちゃいたが、いけすかねぇ上方の男にあんたを取られちゃならねぇと、今頃やきもきしてんぜ」

「話を合わせてくだすってありがとうございました」

上野で出会ったというのも神田明神へお参りに行くというのも、とっさの方便だった。巾着の注文を受けたのは本当だが、それは三日前に四郎に出会った折のことだ。池見屋からの仕事があるから卯月半ばまで待ってくれと告げたのに、今日四郎が訪ねて来たのは他に理由があるからだろう。

「あんなのはお易い御用さ。しかし、あいつは俺の顔を見て驚いた。ってことは、あいつもあんたの探してる男のことを知ってるんだな?」

「ええ。でも、涼太さんに迷惑はかけられませんから……」

三日前、迷った末に律は茶屋で四郎に仇のことを明かしていた。ただし、母親の仇としてではなく、友人をもてあそんで自死《じし》に追いやった男としてだ。

男の名は知らないが、一度見かけていて顔貌《かおかたち》はなんとなく覚えている。見つけ出して友人の死を伝え、嫌みの一つでも言ってやりたいのだ――と、律は嘘をついていた。

「ふうん……」

面白そうに顎を撫でてから、四郎は切り出した。

「あんたの探してる男だがな、あの後すぐに調べてみたのよ。だがもしも俺が思ってる男と一緒なら、物申すにはちと厄介なやつだぜ」

心当たりがあると、出会ったその日に四郎は言った。漠然と己に似た男を、やはり番町界隈《かいわい》で幾度か見かけているという。「次に会ったら少し探っておいてやるよ」と約束した通り、今日はそのことで神田までわざわざ足を運んでくれたようだ。

声を低めた四郎に、自然と律も顔を近付ける。

まるで逢引のようだと周りが気にかかったが、他の客は律たちのことなぞ眼中にないらしく、歓談に興じていた。

「その人というのは……？」

「中間の身なりをしているが、ありゃあおそらく侍だ。年は俺より少し若いだろう。俺が今年三十だから、二十七、八といったところか。細く見えるが、腕なんかは俺よりしっかりしてやがる。腰に木刀を差してるんだが、あれはただの木刀じゃねぇぜ。下緒《さげお》で上手く隠しちゃいるが、仕込み刃入りの木刀さ。俺は剣術は知らねぇけどよ、素人目には強そうに見える。悔しいが男振りは俺より上だ」

おどけて四郎は言ったが、律は身を張りつめた。

「……ほくろは？」

「それだ。ちゃあんと確かめて来たさ。あんたの見間違いじゃねぇ。俺にはねぇほくろがあいつにはあったぜ。小さいけど、あんたの言った通り左顎の下に」

目を見張った律に、四郎が苦笑した。

「喜ぶのはまだ早ぇ。あんたは俺を見かけた時に一度、ぬか喜びしてるじゃねぇか。相手は侍だし、万が一にも間違いがあっちゃならねぇ。しばらく俺に任しておきな」

「でも」

「でもも糸瓜《へちま》もねぇぜ……」と、四郎は一層声を低めた。「あんたがその目で確かめるのが一番だが、俺がそいつを見かけたのは牛込の盆《ぼん》なのさ。あんたはとても乗り込めたもんじゃねぇだろ?」

「盆……ですか」

四郎のいう「盆」とは賭場《とば》のことである。武家町もそうだが、賭場ではなおさら律が出入りするのは難しい。

賭場で男を見かけたということは、四郎さんも賭け事を……

「俺にもその、付き合いってもんがあらぁな」と、四郎は頰を搔く。

手助けしてくれるというのに、つい咎《とが》めるような目で見てしまった律は自省した。

「あのぅ、その人のお名前はお聞きになりましたか?」

「豊次《とよじ》と呼ばれていたが偽名だろう。しかし帳場はやたら愛想がよかった。帳場は身元を知っていて、やつはかなりの上客とみた。そこは仲間内では有名な常盆《じようぼん》だ。ちょいと通って、帳場にも探りを入れてやるよ。……ああ、金のことなら気にすんな。どうせ付き合いがあるからよ」

先回りして四郎は言った。

「しかし相手が相手ですから……お一人では危ないです」

もしもその男が仇なら、ただの侍ではなく辻斬りなのだ。

「危ねぇのはあんただろう、お律さん」

「え？」

「男に一言言ってやりてぇって気持ちは判るが、無茶はしないこった。向こうが侍ならそれなりの見栄ってもんがある。生意気なことを言うだけで返り討ちに遭っちまうやもしれねぇぜ。やつは男であんたは女だ。手込めにでもされたらどうすんだ？」

「て……てご……」

口ごもった律に四郎は諭《さと》すように言った。

「そんなことになったら、今度はあの涼太って野郎が逆上して、なりふり構わず仇討ちに出るんじゃねぇのかい？　だから俺に任しときな。こう見えて俺も盆では顔が利く方なんだ。このところつきも悪くねぇ。隙あらばそいつから金を巻き上げてやらぁ。そうすりゃ、あんたも溜飲《りゅういん》が下がるだろ。それでよしとしちゃあどうだ？　だがまずは、本当にそいつがあんたの探してる男かどうか確かめねぇとな。亡くなった友人てぇのはなんて名なんだい？次に見かけた時に鎌かけてみるからよ」

「それは……」

友人が自死したというのは作り話だし、母親の美和の名を出すのも躊躇われた。

律の顔を見ながら、四郎は杯に残っていた酒を飲み干して言った。

「お律さんよ……友人が井戸に身を投げたってのは嘘だろう？」

穏やかな声は咎めてはいなかった。

「あの」

「番町からつけてきて、井戸に身投げたぁ話が出来過ぎだ。それとも友人てぇのはお菊《きく》のことかい？」

からかい口調で四郎が言う。

「ご、ごめんなさい。でも……」

――おっかさんのことを四郎さんに打ち明けるべきだろうか？

「まあいいや。他人には言いたくねぇこともあるだろう。あんたが本気なのはこちとら承知してんだ。じゃなきゃ世間知らずの娘さんが、神田から番町くんだりまで何度も通ったりしねぇだろうしな……」

世間知らず……か。

律の胸中を読んだかのごとく、四郎がくすりと笑った。

「俺からしたら娘さんだが、お律さんももういい年だろう？　面白そうだったからあんたの下手な嘘にものってやったが、俺やあの侍みたいな男を相手にするなら、もちっとしたたかになった方がいいぜ」

「したたか、ですか」

「おうよ。まったくの嘘はすぐばれる。嘘をつくときゃ、ちぃとばかりほんとのことを混ぜるといいのさ。嘘も方便だ。騙《だま》されるよりも騙してやんな。男は得てして女に甘い。根は可愛いもんなんだよ。上手くおだてて、手のひらで転がしてやりゃあいい」

「はあ……」

「まあ、あんまり思い詰めないこった。もういっそ昔の恨みはほっといて、あの涼太って野郎と幸せになったらどうなんだ？」

「ですから！　涼太さんとはそういう仲じゃないんです」

「ほらほら、そうやってむきになるから、すぐばれちまう――」

「もう！」と、ついに律も笑い出した。

目を細めて四郎も杯をすする。

「うん、やっぱり女は笑顔がいいやね」

「四郎さんたら、お上手なんだから……」

「おっ、そういうお律さんもお上手になってきた」

居酒屋でこんな風に男と二人で笑い合うなぞ、少し前の律にはとても考えられなかった。

酒は一口しか口にしていない。なのに気持ちがくつろいできたのは、四郎の人柄だろうと律は思った。

「さぁて、遅くならねぇうちに明神さまに会いに行くか」

「あら、本当に行くんですか？」

「そりゃ、せっかくここまで来たんだ。ああでも、あんたはもう帰んな。こうしてる間も涼太は仕事が手につかねぇぜ」

「涼太さんは今頃、店仕舞いで忙しくしてます」

「駄目だ。あんたは男心が判っちゃいねぇ」

「四郎さんだって女心を判ってないわ」

律が言い返すと、四郎は一瞬きょとんとしてから破顔《はがん》した。

「ははは。違《ちげ》ぇねぇ……だから波津とは喧嘩ばかりだ。おっと、懐《ふところ》が温かいうちに巾着代を払っておくよ。とびきりのに仕上げてくんな」

「お任せください」

胸を張って請け負った。

「その巾着も自分で描いたのかい？」

「いえこれは……母の形見で、父が描いたものです」

青葉の中に咲く白い花とつぼみたち。五枚の花弁は細めだが、つぼみは豆のようにふっくらしている。

「桜じゃねぇよなぁ？」

「蜜柑《みかん》の花です」

「へぇ、蜜柑の花なんざ初めて見たぜ……いやきっと、見てても気付いてねぇんだな。いつも実になってからしか目がいかねぇ」

「今年は春が遅かったから、まだあちこちで咲いてますよ」

「じゃあ、蜜柑の花を探しながら、神田明神参りと洒落こむか」

勘定を済ませた四郎の後に続いて、律も店の外に出た。

暖簾をくぐる時に誰かが四郎の名を呼んだ。

声のした方を四郎が見やった次の瞬間、律は四郎もろとも弾き飛ばされた。

「……仇《かたき》や！」

倒れたまま振り向いた律の頭上で、声が叫んだ。

「てめぇ……」

「茂三《しげぞう》の仇や！　お前のせいで茂は死んだんや！」

男の怒号はもはや四郎には届いていなかった。

仰向けになった四郎の胸には、匕首が深々と突き刺さっていた。

七

番屋《ばんや》に律を迎えに来てくれたのは今井だ。

長屋へ戻ると、涼太が慶太郎と家で待っていた。

今井宅で、大家の又兵衛《またべえ》を交えた三人に番屋で話したことを律は繰り返した。

花見に行った上野で四郎に声をかけられた。己が上絵師だと知った四郎に巾着絵を頼まれた。四郎の住処《すみか》は知らないが、番町で中間をしていると聞いた。帰りしなに神田明神にお参りに行きたいというので案内に出た。お参り前に一杯呑もうと誘われて、一緒に居酒屋の暖簾をくぐった……

居酒屋のくだりで涼太が顔をしかめたが、「どんなところなのか一度入ってみたかった」と興味本位だったことを仄《ほの》めかすと納得したようだった。

半刻ほど話して家に戻ると、不安な顔の慶太郎の背中を撫でてから律は床に就いた。

目を閉じると寒くもないのに身体が震えた。

——刺された四郎を見て、叫ぼうとしたが声が出なかった。

「人殺し！」と、最初に叫んだのは通りすがりの女だ。

叫びながら女は律に駆けより、引きずるように四郎から離してくれた。

同時に二人の男が四郎を刺した男を取り押さえた。

男は逃げる素振りは見せず、つぶやくように繰り返した。

「こいつは茂の仇や……これは仇討《かたきう》ちなんや」

それから男は、言葉を失ったままの律へ小さく頭を下げた。

「娘さん……怖がらせてしもうてすんません。けどあんたは運がええ。こいつはろくでなしや。こんなのにかかわりおうて、ええことなんか一つもあらへん」

静かな声だったが、男の目は暗かった。

駆けつけた番人に連れ去られる前に、男はもう一度振り返り、蔑《さげす》みの目で既にこと切れている四郎を睨んだ……

骸《むくろ》なら何度か目にしている。

胸を斬り下げられた母親のものも、川に落ちて水死した父親のものも。

だが、人が殺されるのを目の当《ま》たりにしたのは初めてだった。

翌日には定廻りの保次郎がやってきて、四郎を刺した男の言い分を教えてくれた。

「大坂出の庭師で名は久次《ひさじ》。家は植木屋で兄が継いでいる。弟の茂三は柳月楼という料亭で板前の見習いをしていたが、博打《ばくち》にはまって借金がかさみ、それがもとで五年前に首をくくったそうだ」

「じゃあ、四郎さんが殺したんではないんですね？」

「久次がいうには、初めに賭場に誘ったのは四郎で、茂三が夢中になったのをいいことに仲間と賭場で茂三を嵌《は》めたらしい。四郎が胴元にかけ合い、茂三という鴨《かも》を差し出すことで己の借金を帳消しにしたのだと」

「そんな、あの四郎さんが？」

だが律の心の半分は、何故か保次郎の言ったことをすんなり受け止めていた。

久次によると、四郎が柳月楼で働いていたのはほんの二年ほど。下働きが主で、ろくに包丁を使わせてもらえぬうちに親方に見限られた。もう十年以上も前のことである。

その後も飯屋を転々としたものの、博打好きが災いしてどこも長続きしなかった。

――あいつは不器用やったから、茂の包丁さばきを妬《ねた》んだんや。茂は心優しい男やった。だから変な情けをかけてもうた。小金を都合してやったり、あいつに付き合うて賭場に出入りしたり……博打にはまったんは茂が悪い。だが四郎がいかさまで茂を負かしたんは許せへん。あいつがおらんかったら茂は今頃己の店をもっとったわ――

茂三が自死したのち、久次はしばらく仕事を続けていたが、四郎のことを知るうちに弟の仇を討ちたいと思うようになった。その気持ちは両親も長男である兄も同様で、一家で話し合った末に次男の久次が仇討ちに出たそうである。

「死した四郎からは話が聞けぬ。こちらとしては久次の言い分を鵜呑みにする訳ではないのだが、大坂での話となると裏を取るにも一苦労だ……」

律が覚えていた波津という名を頼りに奉行所は四郎の女を探したが、見つからないうちに遺体は葬られてしまった。

八

波津が見つかったのは半月後だ。

芝の増上寺《ぞうじょうじ》の裏に住んでいると保次郎から聞いて、律はでき上がった巾着を届けに行くことにした。

晴れてはいるが、どことなくぼんやりとした空の青は律の心そのものだ。

一人で行くと言ったのに、「どんな女か判らねぇ」と涼太は譲らずついてきた。

波津は留守だったが、長屋の住人が波津の勤め先を教えてくれた。増上寺の片門前にある一膳飯屋・升屋《ますや》で働いているという。既に七ツを過ぎていたため、律と涼太は勤め先に出向くことにした。

升屋は飯も出す茶屋といったところだった。折敷を運んでいるのは三人の女で、どの女も身綺麗にしている。

夕方のかき入れ時である。店主は嫌な顔をしたが、保次郎の遣いだと涼太が言うと、渋々波津を出してくれた。

人気のないところを探して、波津は律たちを増上寺の隣りの芝神明へといざなった。

「四郎さんのことは、つい先日お知りになったとか……お悔やみ申し上げます」

律が切り出すと、波津は力なく微笑んだ。

「あの人は牛込にもねぐらがあって、五日、七日と見ないことはざらだったんだ……いくらなんでも十日も顔を出さないなんておかしいと出かけて行ったら、殺されたっていうじゃないの」

麻布の方に、もしもの時に訪ねるよう、四郎から言われていた居酒屋があったという。

波津は二十五、六歳だろうか。三十路《みそじ》にはまだ遠いように見える。ほんの数年年上なだけだというのに、京風の先笄髷《さっこうまげ》が律なぞ足元にも及ばぬ色香をかもしだしていた。

身なりは隙なく整えられているものの、おしろいの下には隈がありありと見て取れた。

「あの広瀬って定廻りの旦那にも言ったけど、あの人が中間ってのは嘘だよ。細かなことは教えちゃくれなかったけど、牛込のどこかの親分のもとで働いてたんだ。といってもただの遣い走りだったけどね。中間の恰好をしてたのは、借金の催促なんかで武家町や大店に行くのに都合がよかったからさ……大坂でも似たようなことをしてたのよ。隠してるつもりで、時々酔ってそんなことを口にしたわ。いい年して間抜けな男だった」

笑い飛ばそうとしてしくじり――波津は眉間《みけん》に皺を寄せた。

「あたしは男を見る目がなくて、あの人に出会った時も、男に食い物にされた後で捨て鉢になってたんだ。川へ身投げするところを見つかっちまってね。一度死んだと思ってあの人を信じてみたけど、いつまで経っても足を洗えない博打打ちじゃあね……」

「――だから四郎さんは、私の下手な嘘にのってくれたのか。

「これと決めた女がいるって言ってました。そろそろ所帯を持ちたいと」

思わず律は口を挟んだ。

「これは四郎さんが、お波津さんのためにと注文していたものです。お代も既にいただいてます。どうかお納めください」

包みを開いた波津の目が潤んだ。

「この花は――」

「一初です。だからお波津さんにぴったりだって、四郎さんが」

「あんたの入れ知恵だね？　だってあの人の知ってる花なんて、梅か桜か、椿くらいしかなかったもの」

「とびきりのに仕上げてくれと言われました」

江戸鼠《えどねず》の巾着の片側には藍の、もう片側には赤錆色《あかさびいろ》の一初を、二輪ずつ対《つい》になるように入れてある。花びらの濃淡がむらなく描けて、我ながら会心の出来だと満足していた。

「……上手く描けたと思います」

四郎さんに見てもらえなかったのは残念だけど……

「莫迦だよ、ほんと。少し金ができたと思ったら、こんなものに使っちまうんだから。二人でいつか伊勢参りに行こうだの、飯屋をやろうだの、口先ばかりのろくでなしさ……大坂を出て来たのも、何かよんどころない訳があるんだろうって思ってた。まさかあんな事情があったなんてね。上方言葉を隠してたのも、仇討ちを恐れてのことだったんだ」

「でも四郎さんは——」

「でもね、あんた」

律を遮《さえぎ》って、波津は巾着を握り締めた。

「あたしはそれでもよかったよ」

赤い目で、怒ったように波津は律を見つめた。

言葉に詰まって律は立ち尽くした。

隣りの涼太も口を挟めず躊躇っているのが感ぜられる。

……と、頭上で笛の音のごとき澄んだ鳥の鳴き声が聞こえた。

三人揃って見上げた空には、夕暮れの珊瑚《さんご》色に染まった朧雲《おぼろぐも》が広がっていた。

「大瑠璃だ」

涼太がつぶやくと同時に、それは羽ばたいて鳥居の外へと消えた。

握り締めたままの巾着へ目を落として、波津が言った。

「これ……ありがとう。こんなものなんて言って悪かったね」

「お気になさらないでください」

「……あんた、お伊勢参りに行ったことある？」

「いえ、私はまだ」

「京や大坂は？」

「どちらも……お伊勢さんや京都どころか、目黒不動さまさえ行ったことがありません。朱《しゅ》引《びき》の外に出たことがないんです」

「あたしもだよ。同じ上方でも、京と大坂じゃ大違いらしいね。まあ、お伊勢さんにせよ大坂にせよ、あたしにゃ遠い異国のままさ」

巾着を丁寧に畳んで波津は懐へしまった。

「……そろそろ店に戻らないと」

「お忙しいところすみませんでした」

踵《きびす》を返して波津が足早に鳥居を抜けて行く。

少し丸まった波津の背を、いつの間にか戻って来ていた大瑠璃が追った。

九

どちらからともなく歩き出し、律と涼太も芝神明を後にした。

「急がないと日が暮れちゃう」

「そうだな」

新橋を渡ってしばらくすると、少し先にある伏野屋が気になった。前掛けを納めてから一月以上経つが、銀座町を訪ねる機会など律にはそうない。

「ちょいと伏野屋に寄ってくか？」

「ううん。今日はいい」

前掛けが使われているのを見たいと思わないでもないが、涼太と一緒に店を覗きに行くのは気恥ずかしい。

——涼太さんは、平気なのかしら？

二人きりなのを、香はともかく伏野屋の者に見られたら困ると思うのだが、それは己が涼太に未練があるからで、涼太は律のことなどもうなんとも思っていないのかもしれない。

……それならそれでいいじゃないの。

己に言い聞かせながら、律はうつむき加減に京橋を渡った。

ただ黙々と歩いているのが気まずくて、今度は律の方から話しかけた。

「伏野屋で思い出したけど、万寿堂はなんとかなりそうね。広瀬さんが教えてくれたわ」

少しずつだが治太の兄は回復に向かっているとのことで、治太は番頭から仕事を学びつつ店を立て直していくという。

「そりゃあよかった」

「お兄さんが持ち直したことで、やっぱり万寿堂の薬は効くと噂になっているそうよ」

「調子のいい話だが、験《げん》を担ぐ客は少なくねぇ。薬屋なら尚更だ。越後屋《えちごや》みてぇな大店《おおだな》ならともかく、店の多くは主の顔で成り立ってんだ。店主も跡取りもいないとあっちゃ、こりゃ立ちゆかねぇと思われても仕方ねぇさ。うちだってもしもおふくろが——いや、やめとこう。縁起でもねぇ、つるかめつるかめ……とにかく、万寿堂の跡取りが命を取り留めたのはめでてぇや」

「ええ、本当に」

相槌《あいづち》を打ちながら律は気持ちを改めた。

四郎の死を目の当たりにして、しばらく漠然とした恐怖にとらわれていた律だったが、仇討ちを諦めた訳ではなかった。むしろ四郎の死によって、仇討ちに逸《はや》っていた律は冷静さを取り戻したといっていい。

似面絵を見つけた時とは違い、今の律には四郎が残してくれた手がかりがある。

でも、これ以上涼太さんを頼りにしちゃいけない——

涼太は青陽堂の跡取りだ。辻斬りを追って、万が一にも命を落とすようなことになっては、青陽堂にも町のみんなにも申し訳が立たない。これからも律は仇を探るつもりだが、涼太にはもうかかわって欲しくなかった。

七ツ半を過ぎているというのに、日本橋界隈は引きも切らない賑わいだ。ほどよい陽気のおかげか、茶屋や居酒屋の縁台はどこも客が鈴なりである。

涼太がぼそりとつぶやいた。

「居酒屋くれぇ、俺がいつでも連れてってやったのに」

「だからあの時は――」

言いかけて律は四郎の言葉を思い出した。

――まったくの嘘はすぐばれる。嘘をつくときゃ、ちぃとばかりほんとのことを混ぜるといいのさ――

番町を一人で探っていたことは言わずともよいだろう。

隠しごとは得意ではないが、番屋でも長屋でも全てを明かさずに誤魔化した律だった。

ただ、涼太に何も知らせぬままに仇を探すのは難しい。

「四郎さん、心当たりがあるって言ってたわ」

「え？」

「私、おっかさんの仇のことを、冗談半分に四郎さんに言ったの。ほら四郎さん、あの似面絵に似てたでしょう？　だからつい……そしたら四郎さん、自分に似た顔の男を見かけたことがあるって言ったの。あの日、四郎さんはその男をまた見かけたって教えに来てくれたのよ。でも長屋でそんな話する訳にいかないでしょう？　だから明神さまへの道々に話そうと思って家を出たのよ」

「四郎さんはそいつがどこの誰だか知ってたのか？」

「ううん。賭場に出入りしている人で通り名は豊次。でも名前はきっと偽物だろう、本当はお侍に違いないって四郎さんは言ってた。賭場では中間の恰好をしてるけど、仕込み刃の入った木刀を差してて……四郎さんが確かめてくれたんだけど、その人の左顎には小さいけどほくろがあるんですって」

「じゃあそいつが、俺が見かけた男かもしれねぇな」

涼太の見かけた男は、月代《さかやき》も身なりも行き届いた侍だったそうである。

「そうなの。でもこっちの手札《てふだ》はおとっつぁんの似面絵だけでしょう？　ご浪人ならともかく、お侍さんならちょっとばかり似てるからって騒ぎ立てるのはまずいわ。慎重にって涼太さんも前に言ってたでしょう？」

「ああ」

「だから、思い切って広瀬さんや先生に相談してみようと思うの。二人ならきっと力になってくれるし、餅は餅屋よ。私たち素人《しろうと》が動くのは、かえってよくないんじゃないかしら」

男が出入りしている賭場は常盆らしいが、博打打ちの浮き沈みは激しい。迅速に男の身元を探るには協力者が不可欠だが、それが涼太である必要はない。保次郎なら仕事柄慣れていようし、今井には律たちが及びもつかない人脈や知恵がある。

——「二人きりの秘密」はなくなってしまうけど……

だがそれは些末《さまつ》なことで、これが最良の選択なのだと律は己に言い聞かせる。

涼太さんには、心置きなく仕事に励んで欲しいもの——

「そうだな。広瀬さんや先生なら……」と、顎に手をやって涼太も頷いた。

十軒店《じつけんだな》の辺りまで来ると、暖簾を仕舞った店や家路に向かう者が多くなった。

店仕舞いの支度を始めた小間物屋の軒先を見て、涼太が言った。

「……巾着といやぁ、伊三郎おじさんは粋なのを持ってたな」

「網格子の甲州印伝《こうしゆういんでん》が入ったやつね。あれは根付師《ねつけし》の芳勝《よしかつ》さんからのいただきものよ。根付を買った時に一緒につけてくれたのよ」

「そうだったな。根付も凝ったやつだった。葡萄《ぶどう》の透かしで裏に鼠が二匹隠れてて……芳勝さんが自分で使うために彫ったのを、おじさんが気に入って買ったんだったな」

「ええ。言い値でいいから売ってくれって。そしたら芳勝さんが、それはこの巾着に合わせて彫ったもんだから、巾着ごと持っていきゃあがれって」

「気前がいいこった。あの二人は仲良しだったもんなぁ」

川南の松田町《まつだちよう》に住む根付師の芳勝は、伊三郎の良き友人だった。互いに手が空いた時に連れ立って日本橋へ出たり、酒を酌み交わしたりしていたものだ。美和が亡くなってから交流は途絶えていったが、伊三郎の死を聞いて芳勝は線香を上げに来てくれた。

あの巾着も今は川の底だわ……

川から引き揚げられた伊三郎の遺体には巾着がなかった。

物盗りに襲われ、川に突き落とされた可能性もある。だが、取っ組み合いの喧嘩を思わせるほど着物は乱れておらず、伊三郎の死顔にそこまでの苦悶もなかった。ゆえに酔った末に落ちたのだろうといわれたのだ。

「……あの一初ってのは杜若《かきつばた》とは違うのかい？」

黙り込んだ律に気を遣ったのか、涼太が訊いた。

「一初は文目《あやめ》よ。だって花びらが網目模様だもの。杜若は白い筋だわ」

文目は網目、杜若は白筋、花菖蒲《はなしょうぶ》は黄筋——

こういったことも、全て伊三郎が教えてくれたのだった。

「ふうん。そういやおふくろの巾着の花には白い筋が入ってたな。おふくろはお律の描いたあの巾着がお気に入りで、近頃出かける時ゃあればっかりだ」

「そりゃあ……杜若は今が見頃だし、あれは香ちゃんが仕立てたものだもの」

律が絵を入れ、香が仕立てた巾着だった。佐和がそれを持って出かけるところは目にしていないが、世辞でも涼太の言葉は嬉しかった。

「……女ってぇのはやっぱり、着物と一緒で巾着も何枚も欲しいもんか？」

「そうねぇ、できるなら季節に合わせて使いたいわ。簪《かんざし》や櫛だって同じよ」

「じゃあ巾着と櫛と簪だったら、どれがいいんだ？」

——綾乃さんへの贈り物かしら？

「そんなの……人によりけりよ」

微かな嫉妬を胸に、律は呆れたふりをしてそっぽを向いた。

と、垣根から覗いている白い花が目についた。

「あら、夏椿がまだ咲いてる」

朝咲いて夕刻には落ちる一日花《いちにちばな》なのに、律が見上げたそれは、花びらを目一杯広げて暮れゆく陽を惜しんでいた。

足を止め、律は巾着から矢立を取り出した。しかしすぐに思い直して仕舞い込む。

「待っててやるから描いてけよ」

「ううん、いいの。早く帰りましょ」

「そこまで急ぐこたねぇだろ……」

ぶつくさ言いながらも、歩き出した律の横へ涼太も並んだ。

——巾着も櫛も簪も、綾乃さんなら両手に余るほど持ってるに違いない。

でも……

「さっきの話だけど」

「うん？」

「なんだって嬉しいと思うわ。巾着でも簪でも、なんでもいいのよ。好いた人からの贈り物なら、何をもらっても嬉しいものよ」

「ああ、そうか……？」

「そうよ」

戸惑う涼太へ律は力強く頷いてみせた。

鍋町《なべちょう》を東へ折れ、昌平橋《しょうへいばし》ではなく和泉橋を目指して進む。

「……なぁ、お律」

「なぁに？」

「目黒不動だが――」

「お不動さまがどうかしたの？」

「さっき、行きたいって言ってたろう？」

「引き合いに出しただけで行きたいなんて言ってないわ」

そりゃ、いつかは行ってみたいけど……

相生町から目黒不動まで、律の足だと行って帰るだけで半日はかかる。

「……そうなのか」

「そうよ。それにお不動さまなら、南谷寺《なんこくじ》にもいらっしゃるじゃない」

瀧泉寺《りゅうせんじ》の目黒不動、金乗院《こんじょういん》の目白不動、そして南谷寺の目赤不動が、江戸の三不動と呼ばれていた。長屋から一番近いのは南谷寺で、そこなら律も訪ねたことがある。

「まあ、目黒でも目赤でもいいんだが……」

「でしょ？」

相生町への通りを入ると、なんとなく律は足を速めた。

案の定、青陽堂も店仕舞いを始めている。

店者の手前、律は早口で涼太に暇を告げた。

「今日は増上寺まで道案内してくだすってありがとうございました。おかげさまで迷わずにお波津さんを訪ねることができました」

「ん？　ああ」

まだ何か言いたげな涼太へぺこりと頭を下げて、律はそそくさと木戸をくぐった。

十

「姉ちゃん、おかえり」

今井宅の前にいた慶太郎が弾んだ声で迎えた。

「ただいま」

「おそいから、ご飯の支度《したく》は先生としといたよ」

「あらまあ、どうもすみません」

「なぁに大したもんじゃない」

味噌汁の匂いが漂う土間の向こうで今井が応える。

「姉ちゃん、なんか土産はないの？」

「ないわよ。遊びで行ったんじゃないんだから」

「ちぇっ」

「すぐに着替えてきますね」

拗《す》ねたふりをする慶太郎を放って今井に声をかけ、律は自分の家に戻った。

引き戸を閉めて家に上がると文机の上に巾着を置く。

よそ行きから普段着に着替え、今井宅に戻ろうとして、律はふと巾着を手に取った。

中から矢立を取り出し、筆筒《ふでづつ》を開く。軸の短い筆は矢立用に買い求めたものではなく、もう十五年も前に涼太がくれた子供用の筆だった。

十五年前、七歳だった律は、川辺で葦切《よしきり》を描こうとして、誤って筆を川に落としてしまったことがあった。

途方に暮れた律に涼太が自分の筆を差し出した。

——おれのと、取りかえっこしたことにすりゃあいい——

大きくなって筆巻きから今の矢立に変えた時、何本かあった筆の中から律は涼太のくれた筆を選んだ。以来、穂先が痛まないよう、ずっと大事に使ってきた。
涼太さんは忘れているかもしれないけど……
それでもやはり、涼太の前でこの筆を使うのはどうも面映《おもは》ゆかった。
……これくらい、いいわよね？
想いは口にできずとも、己の心まで誤魔化すことはない。
このささやかな贈り物は、これからもきっと己の心の支えになってくれるだろう。
これから何があろうとも——
「姉ちゃん、腹へったー」
慶太郎の声が聞こえて、律は慌てて筆を仕舞った。
「今行くから、もう……」
表に出ると、垣根の向こうの空を律は見上げた。
朧雲《おぼろぐも》は雨の予兆といわれている。
だが濃藍《こあい》に金を散らしたような空は、今はただ静かで美しかった。

第二章

迷子の行方《ゆくえ》

一

筆を置いて律は一つ伸びをした。

八ツまでまだ半刻はあろうかという頃合いである。

いつもならもう帰宅している隣人の今井直之は、今日はまだ戻っていないようだ。

慶太郎と一緒に、恵明先生のところへ行ったのかしら——

朝のうちには何も言っていなかったが、昨日今日と天気がいいから、梅雨入り前にふらりと出かけたくなっても不思議はなかった。

しかし今井がいないとなると、涼太の茶を相伴《しょうばん》することはない。

それなら少し早いが一休みするかと、律は茶を淹れるために立ち上がった。

暮らしはかつかつだが、茶を飲むのは両親の生前からの習慣だ。今井のほどよいものではないが、母親の美和が買った茶器も一揃い家にある。

早速湯を沸かし始めたところへ、聞き慣れた足音が近付いて来た。

「お律」

「涼太さん。あら、広瀬さんも」

「お律、見つけたぞ！」

懐紙に包まれたものを手のひらで涼太が開いて見せる。

「これは、おとっつぁんの……！」

伊三郎が大事にしていた葡萄の根付であった。

「そうだ。伊三郎さんの根付で間違ぇねぇだろう？」

涼太が裏返すと、鼠が二匹仲良く隠れている。葡萄の蔓に米粒よりも小さな文字で「芳勝」と根付師の銘も彫られていた。

「一体どこで？」

「質屋で見つけた。あ、いや、見つけたのは広瀬さんなんだが——」

「涼太が確かめてくれたのだ。私は話に聞いただけだからね。おととい母上のお伴で雑司ヶ谷《ぞうしや》の鬼子母神《きしもじん》を参りにでかけてね。帰りがけに寄った質屋でこれを見かけたのだ。涼太から聞いていたものに似ていたから、手付だけ置いて、今日、涼太に確かめに出向いてもらったのだよ」

立ち話もなんだから、と涼太が茶出しを請け負ったので、律は保次郎に上がってもらった。

「噂をすれば影とはよくいったもんじゃあねぇか。こないだお律とその根付の話をしただろう？　あの後広瀬さんにもちょいと話しておいたんだが、そしたら広瀬さん、大当たりさ」

「大当たりは涼太だろう。万寿堂のことがあったから、質屋を当たってみるのも悪くないと言ったのは涼太なんだよ、お律さん」

浅草の生薬屋・万寿堂を襲った盗賊は質屋とぐるであった。

根付が見つかったのは、護国寺《ごこくじ》に通じる音羽町《おとわちょう》にある堀井屋《ほりいや》という質屋だった。

「着物はちゃんとしてたのに、巾着がねぇってのはおかしな話だしな。物盗りじゃなくても出来心で持ってっちまったやつがいたかもしれねぇ。もしかしたらと思ってよ。もっと早くに思いついてりゃあよかったんだが……」

「ううん。ありがとう。巾着のことは私はとっくに諦めてたわ」

「――それであの似面絵《にづらえ》を、それとなく質屋に見せてみたのさ」

「質屋に？」

問い返してからすぐに律は涼太の意図に気付いた。

「もしかしたら、おとっつぁんも同じ人に殺《や》られたって思ってるの――？」

根付を質屋に持ち込んだのは誰なのか。根付の状態から川に落ちていたとは考えにくかった。とすると、伊三郎が川に落ちる前に巾着ごと奪われたのだろう。

「喧嘩の跡はねぇが、脅されて巾着を渡したのかもしれねぇ。だが達吉《たつきち》さんの話じゃ、伊三郎さんは大して酔っちゃいなかったんだろう？　ただの物盗りにやすやすと巾着を渡すとは思えねぇ。伊三郎さんが見つかったのは、石切橋《いしきりばし》の近くで武家屋敷の裏だ。伊三郎さんが仇を探っていたのなら、仇に気付かれてたってこともあるかと思ってな……」

伊三郎が描いた似面絵と、仇と思しき男についてはつい先日、今井と保次郎に明かしたばかりだ。伊三郎の描いた似面絵は当てにならないが、仇に似ていた四郎の左顎にほくろを足した似面絵を描いて、涼太と保次郎、そして今井に渡してあった。

「それで質屋の人はなんて？」

「残念ながらとぼけられた」

「とぼけられた？」

「似面絵をろくに見ねぇうちに知らねぇと抜かしやがった。だから何か隠してやがるんじゃねぇかと思うのさ。俺の勘だけどな」

「だが、私も怪しいと思ったよ。根付は買い取りだったそうだ。念のため売った者の証文を写してきたから、これから調べてみるつもりだ」

証文によると根付の買い取りは弥生の終わりになっていた。伊三郎が死したのが昨年葉月だから物取りなら八箇月ほど待ったことになる。もしくは一度人手に渡ったものを誰かが再び売り飛ばしたのか。

「広瀬さん、お忙しいのにすみません。涼太さんも。質屋にだって、言ってくだされば私がご一緒したんですが……」

「万一外れだったら、お律さんをがっかりさせてしまうだろう？　それに、お上の御用でもないのに嫁入り前の娘さんを連れ回す訳にはいかないよ」

保次郎の心遣いはもっともなのだが、涼太にはもうこの件にかかわって欲しくなかった。

「私のことですから、できることは自分でやります。涼太さんはお店もありますし」

「こんくれぇなんともねぇさ」

応えながら涼太は茶筒を手にしたが、蓋を取った瞬間微かに顔をしかめた。

葉茶屋の跡取りだけあって、安物の茶葉を一瞬で見抜いたらしい。

母親の美和が亡くなってから、茶葉は今井からのお裾分けで賄《まかな》っていた。茶の時間には今井から声をかけてくれたし、家で茶を淹れることはあまりなかった。しかし近頃は律も仕事の時間が増えた。自然と一人で茶を飲む機会も増えたのだが、お裾分けをねだるような真似はしたくない。ゆえに少し前に、涼太の留守を見計らって青陽堂に茶葉を買いに行っていたのだ。

裏長屋の暮らしでは茶は贅沢品だ。青陽堂が今井に贈るようないい煎茶には手が出ないから、律が買ったのは母親の生前と同じく、店で一番安い茶葉だった。

「お律――」

涼太が口を開いたところへ、今井の声が聞こえてきた。

「お律はいるかい？　ちょっと頼みがあるんだが」

これ幸いと律は草履を履いて表に出る。

今井の後ろからついて来た女が、律を見て小さく頭を下げた。

二

既に湯を沸かしていたから茶はそのまま律の家で飲むことになったが、今井が自分の茶碗を取りにいくついでに茶筒を持ってきて涼太に渡した。

今井が連れて来た女の名は靖《やす》で、今井が教えている指南所の筆子《ふでこ》の母親だった。相生町から三町ほど西にある湯島横町《ゆしまよこちょう》に住んでいるという。

「娘のお鞠《まり》が昨夜から見当たらぬそうなのだ。それでお律に似面絵を描いてもらえぬかと思ってな」

「番屋には届けましたし、迷子石《まいごいし》も見て来ました。昨日は一旦手習いから帰って来て、それから近所の子供らと出かけたんですが、夕方になってもお鞠だけ帰って来なくて……」

飯も喉を通らず、昨夜は一睡もしていないのだと、血走った目を靖は潤ませた。

「お律さんはお上御用達《ごようたし》の似面絵師だとか。弟さんからお鞠が聞いていたのを思い出しまして、あの、お代はこれしかありませんが、一枚でもいいので描いてもらえたら――」

巾着から小銭を出して靖は律の前に置いた。

百文銭一枚と四文銭を合わせて二百文ほどだ。

「お代は――」

いりません、と言いかけた律の横から涼太が言った。

「受け取っておけよ」

「でも」

「でもじゃない。お律は絵で暮らしを立ててるんだぞ」

「どうか納めてください」と、靖が頭を下げる。「娘が弟さんから聞いたのをまた聞きしただけですが……二親《ふたおや》いたって子供を養ってくのは大変なのに、女手一つで弟さんと……それにうちのも居職《いじょく》だから判ります。仕事の邪魔した挙句《あげく》に、ただで描いてもらおうなんて思ってません」

「そういうことだ、お律」と、何故か涼太が先に頷く。

それでも悪い気がして、保次郎に頼まれた時と同じく十枚を描いて靖に渡した。

靖は何度も頭を下げ、回れるだけ番屋を回って来ると、似面絵を胸に抱いて帰って行った。

「広瀬さん、月番でないのは判ってるんですが、もう一枚描くので、あの」

「うん。見廻りじゃなくても出歩くことは多いから、帰り道でも訊ねてみるよ」

「私にも一枚頼む」と、今井が言った。「この界隈はお靖さんが回るだろうから、私は浅草へ行ってみる。お鞠は九歳だが、身体は小さく人見知りだ。知らぬ者について行ったということはなかろうが、この陽気だから子供の気を引く出店や見世物も出ているだろう」

「俺は今日はもう出られねぇ。明日までにお鞠って子が見つからねぇようなら、俺にも一枚描いてくんな」

茶を飲み干して涼太は店に戻って行った。

「広瀬さんは、今日はどうしてお律のところへ？」

「それが――」

律が似面絵を更に二枚描く間に、保次郎が根付のことを今井に語った。

「音羽町九丁目というと……目白不動の近くか。伊三郎さんが見つかったところからそう遠くない」

「そうなんです。拾ったというのは考えにくい。物盗りの仕業《しわざ》でしょう。だとすると伊三郎さんの亡くなり方も疑いたくなる。根付を売ったやつは人殺しかもしれません」

「涼太の推察も一理ある。伊三郎さんは探索に関しては素人だ。対して辻斬りは悪事に慣れていよう。伊三郎さんが目をつけた男が本当に辻斬りなら、向こうが伊三郎さんに気付いてもおかしくはない」

「おとっつぁんも殺されたっていうんですか！」

思わず高い声が出た。

「そう先走ってはいけないよ、お律。今はただ、ありうべきこととして話しているだけだ」

「それはそうですけど……」

四郎さんだって、私の尾行にすぐに気付いたじゃない。

だったら辻斬りも――

「涼太の勘も莫迦にはできません。私は手始めに根付の売り主を当たってみますよ」

「うむ」

頷いてから今井はまた問うた。

「ところで広瀬さん、鬼子母神参りとはまたどうして？」

「母上とその友人のお伴ですよ。ご友人のお嫁さんがご懐妊されたそうで。安産祈願にはまだ早いのですが、下見を兼ねてお参りしたいと。初孫《ういまご》で内孫《うちまご》ですからね。もう大変な気の入れようで……」

鬼子母神は安産と子育てにご利益《りやく》があるといわれている。安産祈願は懐妊した本人がつわりが終わる頃に腹帯《はらおび》を巻いて訪れるのが常で、戌《いぬ》の日が吉日とされている。

「初孫で内孫じゃ仕方ない。武家なら尚更だ。めでたいことじゃないか」

「めでたいことですけれどね、私にはいいとばっちりでしたよ。行きがけに護国寺を詣《もう》でたのはいいですが、帰りは参道での買い物に延々と付き合う羽目に……まあその暇つぶしに寄った質屋で根付を見かけたからよしとしますが、帰ってから母上がうちの跡継ぎはまだかとうるさいのです。嫁取りもしてないのに。跡継ぎができる筈がないじゃないですか」

「早く嫁をもらえということだろう」

「そうしたいのはやまやまなのですが、なかなかご縁に恵まれないのです。二、三、話はあったのですが、なんやかやと差し障《さわ》りが出てまとまらなかったんですよ。私ももう二十六です。父上が私の年には既に二児ももうけていたのですから、急《せ》かされるのは致し方ありませんが、物事には順序というものがあります。それにしても、このお鞠という子は一体どこへ行ったのか。逆縁《ぎゃくえん》だけは避けたいが……」

子供に先立たれた親の姿を、兄の死で嫌というほど保次郎は見ている。

「そうなんだ。よからぬことが起きぬうちに見つけたい」

出来上がった似面絵を懐へしまうと、今井は保次郎と連れ立って出かけて行った。

後に残された律は茶器を片付けてから自宅へ戻ったが、鞠という女児と共に慶太郎のことが急に心配になってきた。

慶太郎は十歳で鞠より一つ年上だが、一回り離れた律にとってはまだ幼子に見える。十歳なら奉公に出ている子供もいるから、上野での駄賃仕事も悪くないと思っていたのだが、いつ何が起こるか判らぬ世の中だ。

靖の心労を思って、鬱々《うつうつ》としながら律は仕事に戻った。

三

濱《はま》という女が訪ねて来たのは七日後だ。

涼太は届け物に出ていていなかったが、半月ぶりに姿を見せた香と今井の三人で、茶を飲みながら雑談に興じていた時であった。

そこへ二軒隣りに住む勝が一人の女を連れて来た。

「先生、お茶の途中にどうもすみません。りっちゃん、お客さんだよ。この人、湯島横町のお濱さんってんだけど、りっちゃんに似面絵を頼みたいんだって。行方知れずになった娘さんの――」

「行方知れず？」

「そうなんです。お鞠ちゃんの似面絵の噂を聞いて、あたしの娘の似面絵も描いてもらえないかと思って……」

靖の娘の鞠は四日前に見つかっていた。

他の子供らと遊んでいたところ、子猫が一匹現れ、つい後を追ってしまったのだという。

神田川の近くで猫の姿を見失い、もしや川に落ちたのではと身体を乗り出した鞠は、逆に自分が落ちてしまった。幸いすぐ近くにつないであった舟に泳ぎ着いたものの、疲れ切った鞠はそのまま舟の上でうたた寝してしまったそうである。ところが鞠が眠っている間にもやいが外れ、舟は大川まで流された。時は既に六ツを過ぎていて辺りは暗い。慌てた鞠が立ち上がった途端、舟が揺れて鞠は再び川に落ちた。叫び声を聞いた船頭たちの捜索で鞠は川から引き揚げられたが、意識はなく、三日間生死の狭間《はざま》をさまよった。

その間、鞠の看病をしたのが深川の船宿・丸七《まるしち》の主夫婦で、留七《とめしち》と妙《たえ》という。知らせを受けた靖は丸七に飛んで行ったが、丸七の厚意ですぐには連れ帰らず、鞠の回復を待っておととい帰宅していた。

「丸七の奉公人が、出先で迷子石に張られた似面絵を見たとか」

「そうそう。りっちゃんの似面絵のおかげで、お鞠が目覚める前に身元が判ったんだよ」

濱が言うのへ、誇らしげに勝が相槌を打った。

「私もちょうどその話を聞いたところです」と、香。

「ですから私もあやかりたくて来たんです。描いてもらえますね?」

「はあ、それはもちろん……今、筆を取ってきますから」

内職に戻る勝と一緒に外へ出て筆と共に戻って来ると、濱は既に草履を脱いで上がり込んでいた。

「娘は幸《こう》といいます。幸運の幸」

「字は違うが、お香と同じ呼び名だね」と、今井が言った。

「娘の多幸を祈ってつけたんですよ」

濱は今井と香を交互に見やって目を潤ませた。

文机を借りて紙と墨を用意してから律は訊ねた。

「下描きから始めますので、まずお幸さんの年を教えてください」

「今年十六になります」

「えっ?」

声を上げたのは香だ。

「十六なら——」

駆け落ちでもしたんじゃないの? といった目で律を見る。

「でもいなくなったのは六つの時ですから」

「えっ?」と、今度は律と香の口が揃った。

流石《さすが》の今井も目を丸くしている。

「待ってくださいよ、お濱さん」と、律より先に香が問い質《ただ》した。「お幸さんがいなくなったのは十年前ということですか?」

「ええそうなんです。六つの時に急にいなくなって、どこを探しても見つからないんです」

大真面目で応える濱は狂人にはとても見えない。十年も前となると見つかる見込みはまずないが、母親なれば諦め切れずにいるのだろう。

絶句した香に目配せをして、律は筆を取った。

二枚ほど念入りに下描きをしてから、一枚の似面絵を描き上げる。

まだあどけない娘の顔を見て、濱は懐から手拭いを取り出し嗚咽《おえつ》を漏らした。

「お幸……一体お前はどこへ行ったのか……」

涙を拭き拭き律を見上げて、濱は言った。

「もっと描いてください。お靖さんがしたみたいに、あちこちの迷子石に貼っておけばあの子を見かけた人が現れるかもしれない――」

「あの、でも」

躊躇う律の横から香が言った。

「十枚二百文ですが」

これには濱も驚いたようだ。

「――お金を取るんですか？」

「もちろんです」と、香はもっともらしく頷いた。

「これは人助けですよ？」

「ええ、ですからこのお値段なんです。お律さんはお上御用達の似面絵師ですよ？　十枚二百文なんて他にはない破格の安値でございます。お靖さんからも、きちんとお支払いいただいておりますのよ。礼金についてお靖さんにお聞きしなかったんですか？」

「そんな強欲《ごうよく》な――」

「お香さん」

香をとどめて、律はもう一枚似面絵を描いた。

「お濱さん、どうぞこちらもお持ちください。お代は結構です」

律が差し出した二枚目を受け取ると、香を一睨みしてから濱は言った。

「どうもお邪魔さまでした」

ずんずん遠ざかる濱の足音が聞こえなくなってから、香が口を開いた。

「なぁにがお邪魔さまよ！　強欲なのはどっちよ、まったく！」

「香ちゃん」

「りっちゃんも、もっとしっかりしないと駄目じゃあないの！」

「でも……」

「でももへったくれもないわ。そりゃあ、娘さんが行方知れずになったのはお気の毒だけど、挨拶もなけりゃ名乗りもしない。お茶を出しても一言の礼もありゃしない。似面絵だってお代どころかお礼さえ言わなかったじゃない。礼儀知らずにもほどがあるわ」

香ちゃんも、滅多に涼太さんにお茶のお礼を言わないけれど――

そう思ったが口にしたのは別のことだ。

「でも実の娘さんのことだもの。十年経っても忘れられないのよ」

「義理人情は大切よ。困っている人を助けるのは世の習いだわ。でもりっちゃん、世の中には人の善意につけ込む人も少なくないの。私が知る限り、礼を欠く人間にろくなのはいないわ。礼儀知らずに情けは無用よ」

よほど癇《かん》に障ったのか、鼻息荒く香は言い切った。

「それにりっちゃん、ただは駄目よ。りっちゃんは絵師なんだから、他はともかく、絵のお金はちゃんともらわないと駄目」

「でも私は上絵師で、似面絵は――」

「似面絵だって立派な絵だわ。ねぇ、先生？」

「そうだな。お上御用達というのもあながち嘘ではないしな」

「そうよ、慶ちゃん、上手いこと言うわ」

慶太郎には、外で余計なことを言うなと釘を刺したばかりであった。

姉の己を誇りに思えばこそ慶太郎は似面絵のことを持ち出したのだろうが、似面絵は律にはあくまで副業だ。いくら実入りはよくとも、上絵より似面絵を自慢されると嬉しいというより悔しくなる。

だが律は、そんなつまらぬ意地から慶太郎を叱った己を恥じてもいた。

自分の腕が足りないのを慶太にあたっただけ……

「お律はお律でよくやったよ。二枚目を渡して帰したのはいいあしらい方だった。そう思わないか、お香？」

「ええ。でも悪い噂にならなきゃいいけど……」

「平気よ、香ちゃん」

不安な顔をした香の茶碗に、新しい茶を注ぎながら律は微笑んだ。

「それにしても、お香と涼太はやっぱり兄妹だなぁ」

しみじみと今井がつぶやいた。

先生ったら——

「え、先生、それはどういうことですか？」

香はさっと眉根を寄せたが、今井は茶碗を両手で包み、にこやかに口を開いた。

「先日、涼太も似面絵の礼金のことで——」

言いかけたところへ、「先生」と声がして涼太が顔を覗かせた。

「出先で干菓子《ひがし》をもらったんで、お茶請けにまだ間に合うかと持って来ました」

「噂をすればなんとやらだ」

「干菓子の話をしてたんで？」

「涼太の話に決まってるじゃないか」

「俺の？　それは一体なんの……？」

「ああもう、そんなのどうだっていいじゃあないの。ちょうどりっちゃんが新しいお茶を淹れてくれたところよ。お兄ちゃんは早くお菓子を開けてちょうだい」

つんとした香を一瞥《いちべつ》して涼太は言った。

「香、ここはお前の家じゃねぇ。ちったぁ礼儀をわきまえやがれ。礼儀知らずに食わせる菓子はねぇぞ。――ねぇ、先生？」

「そうだなぁ。どうだい、お律？　二人はやはり似ていると思わないか？」

目を細めて今井が今度は律に水を向ける。

「はあ、まあ……」

控えめに律が応えると、香と涼太は揃って口をへの字に曲げた。

四

握り飯を一つだけ食べてから、律は上野へ向かった。

呉服屋・池見屋に頼まれていた巾着絵を納めに行くのである。

風呂敷包みを右手で抱え、左手には念のため傘を持って来た。梅雨入り前だが空は鈍色《にびいろ》で、空気が湿っているのを肌で感じる。

約束の七ツの鐘には充分間に合うが、律の足取りは重かった。

昨日の午後、保次郎が訪ねて来て二つのことを教えてくれた。一つ目は四郎が常連だった盆――賭場――が判ったこと、二つ目は質屋の証文がでたらめだったことである。

ただし仇と思しき男のことは依然判らぬままだった。

賭場の方は保次郎の同輩のもとにいる御用聞きが探っているのだが、豊次という男はいまだ見かけていないとのことである。

伊三郎の根付の証文は保次郎自身が暇を見つくろって当たってくれたが、証文に書かれた長屋には該当する住人がいなかった。

「堀井屋に戻って訊いたら、あの根付は買い取りだったから証文は形だけだったのだと言い張るのだ。問い詰めても知らぬ存ぜぬでな。涼太ではないが、堀井屋は何か隠しているように私も思う。小倉に相談したところ、万寿堂の例もあるからと火盗が調べてくれることになった。質屋の扱いは火盗の方が慣れているから、上手く探り出してくれるだろう」

そう言った保次郎は己の力不足を恥じていたが、律は恐縮するばかりであった。

涼太は父親の清次郎《せいじろう》と茶会に呼ばれていていなかったが、保次郎の話が一段落した頃、駆け足で香がやって来た。

仇の辻斬りを探していることは、香には一切伝えていない。

今井や保次郎も心得ていて律たちは一斉に口をつぐんだが、店で涼太の縁談を聞いたばかりの香には怪しまれずに済んだ。

相手は律が予想していた綾乃ではなく、日本橋の木屋《きや》の次女だという。

「そこは娘は三人いるけど息子はいないの。長女が婿を取ったから跡取りの心配はないんだけど、次女と三女が年子だから早く次女を片付けたいのよ。次女は二十歳で三女は十九だそうよ。主が茶に凝ってて、父さまを茶会に呼ぶうちにお兄ちゃんのことを知ったらしいわ。今日の茶会もそこが亭主よ。茶会を装った顔合わせだそうよ。私、帰りにちょっと探ってくるわ。二、三日中には正体を暴いてやるから、待っててね、りっちゃん」

意気込む香に困った律は男二人を見やったが、「それは興味深い」「顚末《てんまつ》が気になりますな」と、今井と保次郎は呑気に頷き合うのみだった。

今井宅から戻ったのちに、律は池見屋に頼まれていた巾着絵の最後の一枚を仕上げた。先日の暖簾の出来がよかったからと、朝顔ばかり五枚注文を受けたのだが、色と構図はそれぞれ変えている。五枚目は青藤《あおふじ》色のきりっとした花に仕上げるつもりだったのに、どことなく鈍い色合いになったのは己の心が落ち着かぬせいか。

――案の定、池見屋では類から小言をくらった。

「悪かない。でもそれだけだよ、お前の絵は。だから小娘の巾着絵くらいしか任せられないんだが、それにしてもこいつはなしだね」

類が投げて返したのは、昨日描いた最後の一枚だ。

「誰にでも浮き沈みはある。けど前にも言ったろう？　客はお前の都合なんざ知ったこっちゃあないんだよ。客はうちに、うちはお前に金を払ってんだ。金を払う以上、半端《はんぱ》な仕事はお断りだよ。一枚分、仕立て屋の仕事も減らしたんだから、この巾着代はお前の手間賃から引くからね」

「はい……」

律が頼まれる巾着絵は絹よりも綿が多く、出来上がった巾着もその分安価だ。それゆえ町娘には人気だと聞いているが、綿は目が粗いから繊細な絵は描きにくく、同じ一枚でも絹とは手間賃が大分違う。一枚分の手間賃がもらえないどころか、巾着代で買い取りとあっては此度の手間賃は無きに等しい。五日分の仕事が水の泡であった。

でもこんな巾着、誰も買いやしないわ……

突っ返された絵を手早く律は丸めた。悔しさはなく、今となってはこんな絵を納めようとした自分が恥ずかしくて仕方ない。

「何をうだうだ悩んでるのか知らないけどね。仕事は仕事だ。職人を気取るなら迷いを愁《うれ》いに変えるくらいの気概が欲しいね。『迷い』は売れないけど『愁い』を好む客は無きにしも非《あら》ずだ。上絵でおまんま食ってく気なら、ちっとは工夫するんだね」

「愁い……ですか」

「ああ、だからって暗い絵ばかりはごめんだよ。今のところ、お前に頼んでいるのは女物だけだ。お前も女の端くれなら、女に売れる絵を持っておいで。十日後でいいから下手な絵は持ってくんじゃないよ。見るだけ無駄だ」

花は好きにしていいと言われたが、受け取った布は五枚だけだ。このところ五日で五枚を仕上げていたから十日で五枚だと半分に減らされたことになる。

だが懲りずに仕事をくれたのは類の厚意だ。たっぷり時を与えてくれたことも。

それが判っているだけに律は己の力不足が情けなくて——怖かった。

とぼとぼと相生町まで戻って来ると、青陽堂の店先で綾乃を見送る佐和の姿が見えた。

綾乃は律に気付かずに伴《とも》の者と歩いて行ったが、佐和が振り向いたのでぎょっとする。

「お律さん」

「女将さん、こんにちは」

「こんにちは。お帰りですか？」

「はい。上野へ品物を納めに行って来たところです」

「不忍池の池見屋が贔屓にしてくださってるとか。町の者に聞きました。池見屋に伺ったことはありませんが、女将には一度お会いしたことがあります。あの女将が贔屓にしてくれるならお律さんももう一人前ですね。商売繁盛で何よりです」

「はあ、いえしかし……」

「うちの跡取りはまだまだで困ります。なのに今、一つ縁談がきていましてね。私は昔気質《かたぎ》ですから、店も切り盛りできないのに嫁取りなんぞとんでもないと思っているのですが、嫁を迎えればもっと仕事に身が入るだろうとも言われ——それが今様《いまよう》なんでしょうかね」

「わ、私にはなんとも……」

「そうでしたね。お律さんはお嫁に行かずに職人の道をまっとうされるのでしたね。どうも愚痴めいたことを言ってしまってすみません。忘れてください」

すみませんと言いつつ、佐和の物腰には少しもそんな様子は見られない。

「あの、どうもごめんくださいませ」

頭を下げて、そそくさと律は長屋の木戸をくぐった。

風呂敷包みをといて、五枚の布を広げてみた。

下描き用の紙に、芙蓉《ふよう》、木槿《むくげ》、白粉花《おしろいばな》と夏の花を描き出してみたが、意匠も色もありきたりの絵しか浮かんでこない。筆を置き、類に突っ返された失敗作を見やると溜息が出た。

ほどなくして戻って来た慶太郎と一緒に湯屋に行ったまではよかったが、夕餉の支度をしていると、後ろから慶太郎が切り出した。

「姉ちゃん、おれね」

「うん」

「そろそろ奉公に出ようかと思うんだけど……」

「えっ？」

上絵に興味を示さない以上、いずれそうなるだろうとは思っていたが、これはまったくの不意打ちだ。

「慶太はまだ十じゃないの」

「もう十だよ。姉ちゃんだって、十にはもう、おとつぁんの手伝いをしてたんだろう?」

「絵は習っていたけど、手伝ったのはもう少し後よ」

「姉ちゃん」と、慶太郎はやや呆れた声で言った。「奉公に出てもすぐに仕事は任せてもらえないんだよ。たくさん修業しないといけないんだ。おれは早く一人前になって、自分の店が持ちたいんだよ」

「お店って?」

てっきり医者の恵明に弟子入りするのかと思った律である。

「菓子屋だよ。おれは菓子職人になりたいんだ」

そういえば先生がそんなこと言ってたっけ……と、今更ながら律は思い出した。

「あんたね……いくらお菓子が好きだからって、それだけじゃ菓子屋にはなれないのよ」

「どうして? 菓子屋ならお菓子が好きな方がいいじゃないか」

「そりゃあ——」

「こないだ先生が言ってたよ。『好きこそものの上手《じょうず》なれ』って。好きなことの方が上手《うま》くやれるんだ。涼太さんの淹れるお茶が美味しいのは、涼太さんが青陽堂の跡取りだからじゃなくて、本当に心からお茶が好きだからなんだって。あの孔子さまだって同じことを言ってるんだよ」

いつかの話を今井は指南所でもしたようだ。

「姉ちゃんだってそうでしょう？　姉ちゃんは絵が好きだからこんなに上手なんだよ。おれは絵はあんまり好きじゃない。見るのはいいけど描くのはどうもつまらないんだ。だからおれは上絵師にはなれないよ。おとっつぁんには言えなかったけど……」

辻斬りに斬られて手が利かなくなっていた伊三郎が、慶太郎に絵を仕込むことはなかった。美和が死してからは、母を恋しがる慶太郎を邪険《じゃけん》にしたことも多々あった伊三郎だ。だが律を介してでも、慶太郎がいつか上絵を学んでくれないかと期待していた節はあった。

「……おとっつぁんがいなくなったから、菓子屋になりたいっていうの？」

口をついた言葉に律自身が驚いた。

違う。

こんなことを言うつもりはなかった――

「そんなんじゃないよ。おとっつぁんには言いにくかっただけで……だって、おれはずっと、おとっつぁんの跡は姉ちゃんが継ぐんだと思っていたよ。姉ちゃんはおとっつぁんと同じくらい絵が上手じゃないか。だからおとっつぁんの代わりを――」

「慶太！」

声を高くした律に慶太郎は一瞬黙ったが、すぐに続けた。

「おれが奉公に出たらお駄賃はもらえなくなっちゃうけど、その分食いぶちがへる。姉ちゃんには似面絵もあるから、一人だったらもっと暮らしも楽になる。着物だって簪だって、姉ちゃんはずっとおっかさんのお下がりばかりじゃないか」

そんなことまで気にしてたのか。

棚から椀を取ると見せかけて、まっすぐ己を見つめる瞳から律は目をそらした。

「……奉公だのなんだのは、まずは先生に相談してからよ」

「先生にはもうしたよ」

「子供が勝手なことしないの！　こういう大事な相談は親代わりの私がするわ」

「でも……」

「でもも糸瓜《へちま》もありません。この話はこれでおしまい。さ、ご飯にしましょ」

むぅっと膨れながらも慶太郎は箸を取り上げた。

向かい合って黙々と夕餉を食べていると、ぱらぱらと屋根を叩く音がした。

「ふってきた」と、慶太郎が天井を見上げる。

雨足は瞬く間に強くなり、慶太郎が開きっぱなしだった戸を閉めに土間に下りる。

「あーあ、これじゃあ明日は道がぐちゃぐちゃだ」

「下駄を出しておきなさい」

言いながら、慶太郎の足が一回り大きくなっていることに律は気付いた。

新しい下駄を買わないと……

思わず潤んだ目は味噌汁を飲み干すことで隠した。

大した稼ぎもないのに、何が一人前だ。

親代わりだ。

一回りも下の弟に、こんなに気を遣わせて――

止まぬ雨音を聞きながら、律はその夜なかなか寝付けなかった。

五

池見屋で絵を突っ返されてから五日が過ぎた。

悶々としていた律だったが、五日間、じっくりまっさらな紙と向き合ううちに、徐々に気持ちが鎮《しず》まってきた。

迷いがなくなった訳ではないが、「仕事は仕事」といった類の言葉が身に染みる。

絵師だからといって、描きたいものだけ描いて暮らしていくのは難しい。朝顔といわれれば朝顔を、巾着絵といわれれば巾着絵を。池見屋が――客が所望するものを描いてこそ稼ぎになるのだった。

金のためだと割り切るには至らないが、他の内職や仕事に出るくらいなら、少しでも「描く」ことで稼ぎたいというのが本音だ。

己が恵まれていることをしみじみと律は感じた。

伊三郎は草履《ぞうり》屋の三男だったから、弟子入りするまでろくな筆を手にできなかったと聞いたことがある。それに比べ、律には生まれた時から全てがあった。無論それらは絵に限ってのことであり、伊三郎の娘でなければ絵師を目指すことはなかったかもしれないが、今の己がそうありたいと願っているのは確かだ。

また伊三郎の残した金があるからこそ、住み慣れた長屋に留まり、望まぬ仕事につかずに済んでいる。下手をすれば慶太郎と路頭に迷い、身売りしていてもおかしくなかった。

おとっつぁんなら、慶太郎を……

今になって、伊三郎ならあっさり慶太郎の願いを聞き入れたかもしれないと律は思った。

心中はどうあれ、家業とは別の道を選んだ伊三郎だ。慶太郎が本気で菓子職人になりたいのなら「仕方ねぇな」と苦笑して、奉公先を探しに行ったような気がするのである。

律とて慶太郎が本気なら望むようにさせてやりたい。

でもいくらなんでも、まだ早過ぎるわ。

ううん。ほんとは私が寂しいだけ……

雑念を捨てるためにも、律は下描きに没頭した。

ようやく五枚目を描き上げた時には昼をとっくに過ぎていた。

八ツを過ぎて涼太が今井宅に現れた。

「ああやっと一息つけやす」

「忙しそうだね」

「ありがてぇことですが、閏《うるう》月ってのはどうも調子が狂っていけません」

「まああと十日もすれば皐月《さつき》がくるさ」

暦と季節を合わせるために約三年に一度閏月が設けられて、一年が十三箇月の閏年《うるうどし》となる。今年はその閏年で卯月の後が閏四月となった。やむなきことだが四月も二度目となると「調子が狂う」と涼太が言うのも頷ける。

二人の話を聞きながら、律はゆっくりと茶を含んだ。

下描きが一段落したからか、新茶の香りが一層爽やかに感じる。

六日前に涼太が父親と出向いた茶会は、茶会を装った見合いであった。

この五日間というもの仕事のことで頭が一杯だった律だが、下描きを終えた今、涼太の見合いの首尾が気になった。しかし律からはとても訊ねられぬし、今井は涼太と来月の川開きや花火の話に余念がない。

どことなく恨めしげに今井を見やったところへ、保次郎がやって来た。

「お律はおるか?」

保次郎は二人の女と一人の男を連れていた。

「ついそこで出会うてな」

女の一人は濱でもう一人は十代と若い。男は壮年の町人だ。

九尺《くしやく》二間《にけん》の今井宅には入りきれないので、律は二間三間の自分の家へ四人をうながした。

土間に入ると、濱が深々と頭を下げた。

「お律さんのおかげで娘を見つけることができました」

「え？　まあ！　それはようございました」

「うむ。お律、またしても手柄であった」

威厳たっぷりに頷く保次郎が可笑しいが、律は神妙に頭を下げた。

「これが娘の幸です。さ、お幸、お前からも礼を言いなさい」

「あの……ありがとうございました」

いなくなったのが十年前で六歳だったから、幸は今十六歳だ。華やかで真新しい着物や簪に、日に焼けた肌と年頃にしては引き締まった身体がちぐはぐだった。

その上どうも顔色がよくない。

「私からもお礼を申し上げます」と、男も頭を下げた。

男の名は吉次《よしじ》で濱の夫であった。

「あたしもお靖さんがしたように、似面絵を片手にあちこち回ったんですが、あたしじゃあんまり相手にされなくて……あたし、定廻りの旦那さまたちにも気にかけてもらえないかと思って、勇気を出して頼んでみたんですよ。そしたらまあ、広瀬さまが昔お幸を見かけたって人を見つけてくれて――」

保次郎が寄った浅草御門《あさくさごもん》の番屋《ばんや》に、十年前に幸と思しき女児を見かけた者がいた。女児はある夫婦と一緒だった。一見親子に見えた三人だったが、男の方が番人に話しかけてきて女児が迷子だと知れた。もしや届けが出ていないかと、迷子石を訪ねて来たという。番人はおぼろげに、夫婦が円通寺《えんつうじ》の近くで万屋《よろずや》を営んでいると言ったのを覚えていた。そこで保次郎が円通寺の周りを聞き込んだところ、「はた屋」という万屋であっさり幸が見つかった。幸の腕には、幼い頃土間に落ちてついたという傷があり、それが証《あかし》となったのである。

一昨日は濱が一人で確かめに行き、今日は夫婦揃って千住《せんじゅ》まで幸を迎えに行った。帰りしなに律に礼を言うべく相生町に来たところで、保次郎と鉢合わせたそうである。

「お濱さんの、娘への情愛が成した巡り合せであろう。これからは娘をたんと可愛がってやるがよい」

「はい。そりゃあもう……本当に――いくらお礼を言っても足りません……」

濱は溢れてきた涙を手拭いで拭い、吉次も潤んだ目で頷いた。

その隣りで幸はうつむいたままである。

「お幸さん、大丈夫？　お顔がすぐれないようだけど……」

律が声をかけると、幸は躊躇いがちに口を開いた。

「私は平気です。ただ……おっかさ——お春《はる》さんと多平《たへい》さんが心配で……」

「二人ともまだかくしゃくとしてたから、お前が案ずるこたないよ」

「そうとも。店も繁盛してたからこの先も安泰さ」

口々に濱と吉次が慰める。

茶を出すべきか律は悩んだが、見計らったように保次郎が言った。

「三人ともご苦労であった。千住からなら疲れておろう。今宵は親子水入らずで再会を祝うがよい」

「はい……広瀬さま、お律さん、ありがとうございました。湯島にいらした折には是非お立ち寄りくださいませ」

改めて頭を下げてから濱は吉次と幸をうながした。

今井宅へ戻るべく律も保次郎と表へ出たが、木戸へ向かう前に幸がちらりと振り返る。

不安げなその瞳が気になったが、十年も離れていたなら戸惑いもあろう。

「広瀬さん、月番でもないのに人探しですか？」

上がり込んだ保次郎を今井がからかった。

「いやはや……お濱さんに頼まれたのは北町奉行所の定廻りなのですが、似面絵を一目でお律さんの手だと見破ったらしく、これはお前の領分だろうとわざわざ屋敷まで持って来たのですよ。お幸がいなくなったのは十年も前ですからね。見込みはないと思っていたのですが、まあ出かけたついでに番屋に寄ったのです。驚きましたよ」

「広瀬さんにも人探しのつきが回ってきたようですね」と、涼太が言った。

「いやいや、涼太には敵《かな》わないよ。私のつきはきっと涼太にあやかってのことさ」

「そんなこたありやせんや。俺は近頃さっぱりで。根付のことも此度のことも広瀬さんのお力です」

「堀井屋のことはまだ火盗からなんの知らせもないがね。だが、お幸が見つかったのは嬉しいよ。お幸を育てた万屋の夫婦がまた、情のある者たちでね。お幸と別れるのはつらいが実の親には勝てないと、渋るお幸をなだめてくれたんだ」

「お幸さんは、親元に帰るのを渋ったんですか？」と、律は訊いた。

「うむ。お幸はほら、いなくなったのが六つの時だったろう？　だから二親のことはぼんやりとしか覚えていないらしい。しかし腕の傷は土間に落ちてついたものに間違いないと言うし、万屋の多平さんやお春さんに似面絵を見せたら、お幸を拾った時にそっくりだと」

「だったら」

律と涼太と声が重なった。

思わず顔を見合わせたものの、律はすぐに目をそらして口をつぐむ。

「だったら」と、涼太が続けた。「どうして十年前に見つからなかったんですかね？　お濱さんや吉次さんは、十年前にも番屋や迷子石を探したんじゃねぇんですか？」

律も抱いた疑問である。

「それがお幸もお鞠のように川に落ちて、数日生死の境をさまよっていたらしい。目覚めても以前のことがほとんど思い出せず、一月ほどろくに口も利けなかったそうだ。名前さえ初めの一文字しか覚えておらず、万屋ではお駒と呼ばれていた。多平さんたちは千住大橋の少し東でお幸を見つけたそうだが、何ゆえお幸がそんなに遠くにいたのかは判らずじまいだ。浅草の番屋を訪ねたのは随分後になってからとのことだったし、名前も違っていたのだから、番人が気付かずとも致し方なかろう。此度はお律さんの似面絵があったからこそ判ったのだ。北町の者たちへのいい自慢になるよ」

そう言って保次郎は満足げに微笑んだ。

「しかし、あのお濱さんってのはどうも気になるな」

「あらどうして？　今日はちゃんとお礼を言いにわざわざ遠回りして来てくれたわ」

「礼儀云々の話じゃねぇや。香と俺を一緒にすんな。でも本気でありがてぇってんなら、菓子折りくれぇ持ってきたっていいだろう。あれじゃあただ見せびらかしに来ただけだ」

それこそ香ちゃんが言いそうなことだけど……

律が内心苦笑すると、向かいの今井もにやにやしている。

「ああいう声の高い女はどうも苦手なんだ……ところで広瀬さん、今日はどちらへ行かれてたんで？」

察したのか、涼太が話を変えた。

今日の保次郎は袴《はかま》を穿き、脇差しだけだが帯刀している。月代《さかやき》も剃りたてでどこから見ても立派な若侍であった。月番でなくとも仕事はあるが、市中見廻りには出ないし、奉行所に詰めていることが多い。そもそも見廻りの保次郎は着流しだから袴姿そのものが珍しい。

問われて保次郎は小さく溜息をついた。

「……涼太は今戸《いまど》八幡《はちまん》を知ってるかい？」

「そりゃあ――」

応えた涼太の隣りで律もぴんときた。

浅草寺の北東にある今戸八幡は、縁結びにご利益があると女たちに人気の社《やしろ》である。

「鬼子母神参りからこっち、母上は嫁取りにご執心でね。今日は非番だというのに、浅草まで良縁祈願に付き合う羽目に……」

「あら、でも良縁祈願なら虎ノ御門《とらのごもん》の金毘羅《こんぴら》さんの方が」

「ん？　そうなのか？」

問うたのは涼太だったが、保次郎の方を見て律は応えた。

「ええ。だって縁結びと良縁祈願は違いますから」

「そうなのかい？」と、今度は保次郎が問い返す。

「良縁祈願はご縁を願ってのお参りですが、縁結びはその……想い人と結ばれますようにと願うもので——だからええと、相手がいてこそご利益があるそうです」

全て香からの受け売りで、律自身は今戸八幡も金毘羅宮も参ったことはない。

「ほう、それは知らなかったな」と、今井。

「私もです」

「俺も」

保次郎と涼太も続けて相槌を打ったが、律はどうも決まりが悪い。

「愛宕権現《あたごごんげん》もよしとされていますが——」

「む、それでか」と、保次郎が膝を打った。「次の非番には愛宕権現に連れて行って欲しいと母上に頼まれておるのだ。そういう狙いがあったのだな」

「はあ、それはおそらく、そういう狙いかと」

「しかしそれでは、今日の今戸八幡は無駄足だったということだな。母上に言って聞かせなければ……今日は書を読んで過ごそうと思っていたのに、朝から髪結いだのなんだのといい迷惑だった」

これも親孝行だと己に言い聞かせて、昼餉《ひるげ》とお参りは一緒に済ませたものの、それ以上は付き合い切れぬと、帰りは母親だけを駕籠《かご》に乗せた。それから今井に愚痴をこぼすべく、保次郎は歩いて戻って来たのである。

「それは判りませんよ、広瀬さん」

「どういうことだい、涼太？」

「ご母堂なら、お律が言ったようなことはきっとご存じでしょう。だとしたら何か別のお心積りがあったやもしれません。もしや今戸八幡で広瀬さんを、こっそり誰かにお披露目する気だったんじゃねぇですか？」

「よしとくれよ、涼太」

「涼太の勘は莫迦にならないんじゃなかったかい、広瀬さん？」

「先生まで……そうだ、涼太こそどうだったんだ？」

「何がですか？」

「先日お香さんから聞いたんだが、清次郎さんと日本橋の茶会に招かれたとか」

「それは——香のやつ——」

涼太が苦虫を嚙み潰したような顔をしたところへ、足音が近付いて来た。

「あのぅ、若旦那」と、そうっと丁稚が顔を出す。

「なんだい？」

「女将さんがお呼びです」

「なんだってんだ、まったく」

ぶつくさ言いながらも涼太はすぐに立ち上がった。

「ああ、茶会は月並みで退屈なものでしたよ。茶は旨かったが、うちの茶なんだからあたりめぇでさ」

丁稚と涼太が出て行くと、今井が保次郎を見やって言った。

「涼太も苦労するなぁ」

「ええ、本当に」

微笑み合う二人を見ながら、律も何故かほっとした。

六

「芙蓉《ふよう》に爪紅《つまくれない》か……」

芙蓉は珊瑚色の花に鶸萌黄《ひわもえぎ》の葉を淡い筆遣いで合わせ、爪紅——鳳仙花《ほうせんか》——は深緋《こきひ》の花に深緑《ふかみどり》の葉をくっきりとした線を使って描いた。どちらも十代からせいぜい己と同い年くらいまでの町娘を思いながら描いたものだ。

奇をてらって蓮《はす》や槐《えんじゅ》でも描こうか迷ったが、若い娘ならもっと華やかな絵を好むだろうと考えてのことである。

芙蓉三枚と爪紅二枚を並べて眺めてから「ふん」と類は鼻を鳴らした。

「こないだのよりはましだね」

「それは」よかった——

そう律が続ける前に類が言った。

「ほんの毛の先ほど——そうだね、筆にならない玉毛の先ほどだけどね」

玉毛とは猫毛の別名だ。猫毛は鋭くしなやかだが、短毛で硬い毛が少ないため、筆になるのはほんの一握りの限られた毛だけであった。

「一朝一夕《いっちょういっせき》に腕が上がる筈がないじゃあないか。世の中そう甘くはないのさ。さあ、こいつを持ってとっととお帰り。次は五日後の七ツだ。いいね？」

「はい！」

五枚分の手間賃と新たに五枚の布をもらって、律は池見屋を後にした。

世の中そう甘くはない。

甘くはないけど——

毛の先ほどでも類に「まし」だと言われたことは励みになった。

来た時とは打って変わった軽やかな足取りで、律は御成街道《おなりがいどう》を歩き始めた。

通りすがりに紫陽花《あじさい》を描きとめてからふと思い立ち、旅籠町《はたごちょう》を越したところで街道を西に折れた。

湯島横町に寄って、幸の様子を見てこようと思ったのである。

濱たちの長屋の詳しい場所を律は知らなかったが、番屋で訊いたらすぐに判った。

「湯島であの親子を知らん者はおらんよ」と番人は苦笑した。

それも道理で、濱は幸が見つかったことを大層喜んでいて、ところ構わず吹聴《ふいちょう》して回っているそうである。

長屋へ行くと、幸は隣りの家で老婆と袋張りをしていた。

「お律さん」

目を丸くした幸は先日よりやつれて見えた。

「上野に行った帰りなの。お天気がいいから、ちょっとこちらにお邪魔しようと思って」

「あいにく、おっかさんもおとっつぁんも仕事で……」

濱も吉次も川南の須田町《すだちょう》にある居酒屋で働いているという。

「いいのいいの。お幸さんの顔を見に来たんだから。でもなんだかまだ顔色がよくないわ。急に暮らしが変わったから仕方ないんでしょうけど」

「ええ。長屋のみんなはよくしてくれるんですが、どうも慣れなくて……着物もこんなに綺麗なのは着たことがないし、うちは万屋で朝から晩まで忙しかったから仕事をしてないと落ち着かないんです。おっかさんが勤め先を探してくれてるんですが、いいのが見つからないようで。私はどこでもいいんですけど」

「だからあたしの内職を手伝ってくれてんだよ。ありがたいことさ」

老婆が横から目を細めて言った。

「袋張りは店でもやってたから得意なんです」

「そう。働き者ねぇ、お幸さんは」

「いつも三人で店に出ていたのに、急に二人になっちゃったから、今頃店はてんてこまいじゃないかと……」

養父母の多平と春を思い出したのだろう。つぶやくように言って幸は溜息をついた。

「まだ仕事が見つからないなら、一度、万屋のお二人を訪ねてみたら？」

円通寺までとなると、女の足で往復二刻《とき》はかかるだろうが、昼からでも訪問できる距離である。

「それが、おっかさんが駄目だって……そんなことしてると、いつまで経っても町に馴染めないからって」

それは判らなくもないけれど……

幸はもう子供ではないのだから、里心がつくということはなかろう。実親《じつおや》と暮らすことになったからとて、養父母と縁を切ることもない。だが十年も離れ離れになっていたことを思えば、濱が娘を独り占めしたい気持ちも想像できた。

「じゃあね、私が様子を見てきてあげる」

「お律さんが？」

思いつきだったが、少しだけ明るさの戻った幸の目を見て律は大きく頷いた。

「ええ。私、五日後にまた上野に品物を納めに行くの。だからそのついでに、お幸さんのいたお店を訪ねてみるわ」

ついでというには千住は遠いが、律は弥生《やよい》に一人で王子《おうじ》まで出かけていた。

円通寺まではほぼ一本道だし、王子よりは近いからなんとかなるでしょう――

「あのぅ、それなら」

遠慮がちに幸が言った。

「私の似面絵を一枚描いてもらえないでしょうか？」

「お幸さんの？」

「それをおっか――お春さんと多平さんに渡して欲しいんです」

「判ったわ」

「似面絵は十枚二百文だと聞いてます。一枚だから二十文でいいですか？　今、十二文しか手元にないけど、五日後には必ず残りを払いますから」

いいのよ、と言いかけて、香の言葉を思い出す。

しかし妹のような年頃の幸から金を取るのは躊躇《ためら》われた。

と、「お幸」と、老婆が幸に声をかけた。

「手伝ってくれた手間賃だよ」

しなびた手には二枚の四文銭がのっている。

「いいんです」と律は慌てて言った。「今日は紙もいいのを持ち合わせてませんから――」

「じゃあ、八文にまけとくれ」

そう言って老婆は幸ではなく律の方へ金を差し出した。

「早く取りなよ。手が疲れちまうじゃないの。心配しなくても、あたしはあんたを業突張《ごうつくば》りなんて言いやしないよ」と、にやりとする。

——ということは、濱はやはり近所に不満を漏らしていたのだ。

「いただきます。ありがとうございます」

金を受け取って、律は丁寧に頭を下げた。

「とびきりの美人に描いておくんなよ」

「駄目よ、お民《たみ》さん。見たままに描いてくれないと、私だって判らないじゃないの」

「それもそうか。じゃあ、ちいとは笑った顔をおし。そんな顔じゃあ、あちらさんも安心できないよ」

民という老婆が笑ってみせると、幸もようやく笑顔になった。

矢立に巻いた紙を伸ばし、ゆっくりと筆を滑らせる。

幸の笑顔は健《すこ》やかで、少しだけ覗いた八重歯が愛らしい。

「はあぁ、上手いもんだねぇ。これならあちらさんも寂しくないよ」

描き終えた似面絵を見て民が目を丸くした。

帰り際、「そこまで送ります」と、幸は木戸の外までついて来た。

「あのぅ、お春さんと多平さんにくれぐれもよろしく伝えてください」

「もちろんよ」

「それで、こないだは無愛想にしてごめんなさい。私、実は……お律さんのことを少し恨んでました」

「えっ？」

「だって、お律さんの似面絵がなかったら、私は今でもお春さんと多平さんと一緒に暮らしてました。私にとってはまだ、あの二人こそが親なんです」

目を落として言った幸を見て律は合点《がてん》した。

「おっかさんとおとっつぁんは優しいけど――なんだか親だって気がしないんです。私、二人のことをまったく覚えていないんです」

「――どういうことなの？」

保次郎の話とはやや食い違っているようだ。

「川で溺れたのは確かです。息が苦しくて、もう駄目だと思ったら、誰かが助けてくれたんです。目が覚めたらはた屋にいて、お春さんと多平さんがいて。それからしばらく、寝たり起きたり、ずうっとぼんやりしていました。傷のことも……土間に落ちて大泣きしたのは覚えてるんです。腕から血が出て――でもそれだけです」

「お幸さんにはお濱さんと吉次さんの面影があるわ。目元と耳はお濱さんに似ているし、眉と昬は吉次さん似よ」

「ええ。みんなに言われます。十年経っても親子は親子、よく似ていると。この傷のこともあるから親子なのは間違いないんでしょう」

幸が袖をめくった左腕には、二寸ほどのひっつれた傷があった。

「でもおっかさんもおとっつぁんも、今はまだ他人としか思えない。恩知らずなのは判ってるんですけど、一緒にいるのが辛いんです……」

「無理もないわ。十年も離れ離れだったのだし、一緒に暮らし始めてまだ五日だもの」

だが二親を亡くしている律からすれば、実親と養父母と四人も「親」がいる幸が羨ましい。

「五日後に寄るから、土産話を待っててね」

御成街道まで出て幸とは別れた。

——翌日、今井宅で茶を飲みながらそのことを話すと、おもむろに涼太が言った。

「というと四日後だな……よし、円通寺まで俺が案内してやる」

「え？」

「寛永寺《かんえいじ》の少し先に上手いと評判の飯屋があるんだ。昼はそこで食おうじゃねぇか。その前に池見屋に寄るとなると四ツには出た方がいい。絵は前日までに仕上げるんだろう？」

「ええ、そのつもりだけど……」

「なら心配ねぇ。四ツ半に五條天神《ごじょうてんじん》さんの前で落ち合おう」

律が口を挟めぬうちに、涼太は勝手に同行を決めてしまった。

七

涼太が五條天神前に着いてまもなく半刻の鐘が鳴った。

手持無沙汰に人通りを眺めていると、向かいの仁王門前町《におうもんぜんちょう》から足早に歩いて来る律が見えて涼太はほっとした。

「お待たせして……」

「いいや、俺も今来たところさ」

薄化粧をした律を見るのは一月ぶり——増上寺の方へ出向いて以来である。

急ぎ足でほんのり染まった頰と紅を差した唇が、年相応の色気を醸《かも》し出している。着物は岩井茶色《いわいちゃいろ》の格子絽《こうしろ》で一色だが、蒸栗色《むしくりいろ》の帯は七宝柄《しっぽうがら》で地味でも涼やかな粋があった。

鞠の絵の塗り簪といい、どれも見覚えがあるのはこれらが亡くなった律の母親・美和のものだからだろう。美和が亡くなってからのこの六年、律が着物を新調したことはない。

「行こうか」

律をうながして、涼太は北へ足を向けた。

高い空の青が目に眩《まぶ》しい。

「池見屋はびっくりしたんじゃねぇのかい?」

「ええ。でもこれなら今日中に仕立て屋に回せるって喜んでもらえたわ。七ツまでっていつも言われていたからそれに遅れないように持って行ってたけど、早い分には構わないのよね。これからはできるだけ朝のうちに持って行くことにするわ」
「そうか」
「急いでしくじるのは勘弁しておくれよ、ってお類さんには言われたけど」

そう言って微笑んだところを見ると、此度の出来はよかったらしい。

「この三日、根《こん》を詰めてたんだろう？　先生に聞いたよ」
「涼太さんこそ。先生に聞いたわ」

今日一日休みをもらうため、三日間、茶の時間を惜しんで届け物やら棚出しやらできる限りの用事を済ませた。

とはいえ、店には律と遠出するからとは言えなかった。

先月増上寺に行った時は「広瀬さんに頼まれて」と、母親兼女将の佐和を誤魔化した涼太であった。「下っ端《ぱ》とはいえやくざ者の情婦のところへ、お律さん一人で向かわせるのは心許ありません。しかし私は見廻りで忙しく……」と、保次郎にわざわざ口添えしてもらったくらいである。

此度はとても同じ手は使えそうになかったから、「仲間と浅草で見世物を観てから吉原へ行く」と嘘をついて涼太は出て来た。店では手代と変わらぬ扱いの涼太だが、跡取り仲間たちとの交流なら佐和は融通《ゆうずう》を利かせてくれる。

「まあ、そのおかげで今日はゆっくりできら。なんだったら帰りに寛永寺に寄らねぇか？」

「そこまでのんびりできないわ。お幸さんに土産話をしに行く約束だもの」

迷わず却下されたのは残念だが、これから夕刻までは一緒にいられるのだからよしとせねばなるまい。

「――それにしても、今日はお店の方は平気なの？」

窺うように己を見上げた律に、胸が一つ大きく鳴った。

「ん？　まあな。ただし、おふくろには仲間と浅草に行くと言って出て来たんだ。だからもしも訊かれたら、お律も話を合わせてくれよ」

「浅草に……？」

「ああ。仲間と一緒だと言っておけば、余計な詮索《せんさく》されずに済むからな。あんまり早く帰るとかえって怪しまれるから、お幸のところに行った後、俺はどこかで暇を潰してから戻ることにするさ」

「そう」と、短く応えて律は黙り込んだ。

早めの昼餉を取るために入ったのは、寛永寺から三町ほど北の御簞笥《おたんす》町にある一膳飯屋・富士屋《ふじや》だ。富士屋は先だって得意先の主が教えてくれた店で、一見煮売り酒屋のようだが酒は置いておらず客層がいい。料亭のように二人きりとはいかないが、値の張る店だと律が遠慮するだろうという涼太なりの気遣いであった。

飯に煮豆腐、煮豆、青菜の膳は二十四文だ。見た目は質素だが、豆腐は濃いめ、豆は薄めの味がよく染みているし、青菜の浅漬けはさっぱりしていて夏らしい。量は涼太には物足りないが律にはちょうどよいようである。

満足げに箸を動かす律に、さりげなく涼太は話しかけた。

「……茶会のことなんだが」

「茶会？　ああ、あの日本橋の……」

もう半月も前のことである。

保次郎に訊かれた時は、佐和から呼び出しをくらったせいで詳しい話ができなかった。見合いなぞ興味がないことは暗に匂わせたつもりだったが、それが律に上手く伝わったかどうかは疑問だった。

「あれは実は、見合い――というか顔合わせのようなものだったんだ。親父が顔を立ててくれっていうもんだから」

「そうだったの」

素っ気ない返答だが一瞬戸惑ったように見えたのは、己への好意とみていいものか。

「そうだったんだ。木屋の娘なんざ興味はねぇさ。向こうが何か言ってきたら親父が上手く断ってくれる手筈になってるし、おふくろはそもそも『半人前が嫁取りなんて』と乗り気じゃなかった」

「女将さんらしいわ」

微笑んだ律に涼太は安堵した。

が、それもほんの数瞬でいつかの香の言葉を思い出す。

――一人前の上絵師になるまでは、色恋に現《うつつ》を抜かしている暇なんかない――

お律がそう言っていたと香が言いに来たことがあったが……

何をもって「一人前」なのかが涼太にはいまいちよく判らない。

「俺はまだまだだが、お律はもう一人前だな」

「そんなことないわ。仕事だって巾着絵ばかりだもの。私だってまだまだだよ」

「暖簾も描いてたじゃねぇか」

「あの一枚きりだわ。紋絵や着物を任せてもらえるくらいにならないと……」

だとしたら今少し猶予がありそうだ、と、涼太は再びそれとなく胸を撫で下ろした。

近頃ようやく帳場に入ることを許された涼太だった。といっても見習いに入るだけで、帳場を取り仕切るには至っていない。

あと二年――いや、もう少し早く――

二十五歳までには「店主」になりたいものだが、そうなると律は二十四歳。

お律は割合強情だから、周りが余計なことさえ言わなきゃいいんだが……

糸屋・井口屋の基二郎についても訊ねたかったが、それこそ「余計なこと」になりそうでどうにも口にできなかった。

昼餉を済ませると、一路、円通寺に向かった。

町や屋敷を通り抜け、田畑が見え始めてくると旅装の者が目につくようになった。

円通寺の先は千住大橋で、橋を渡ると千住宿《しゅく》がある。千住宿は日光道中や奥州道中の一番目の宿場で江戸四宿《ししゅく》の一つだ。仕事で行くことはないものの、千住宿には品川同様に私《し》娼《しょう》宿がいくつもあるから、遊びで数回訪れたことがあった。

寛永寺から円通寺までは一里もない。律が幸から詳しく聞いていたこともあって、涼太たちは九ツ半には万屋・はた屋に着くことができた。

はた屋は間口二間で笠や蓑、行李《こうり》など旅に役立つ物を始め、化粧道具、鎌に包丁、乾物《かんぶつ》に駄菓子などがところ狭しと並んでいる。多平と春に加え、十二、三と思しき少年がくるくると客の相手をしていた。

商売の邪魔をするのは気が引けたが、涼太たちが幸の名を出すと、春はすぐに店の奥に通してくれた。

「じゃあ、あの似面絵はお律さんが?」

「ええ。今日はお幸さんに頼まれてこちらをお持ちしました」

律が広げたのは幸の似面絵だ。

涼太が四日前に見たのとは違って、良質の紙に描き直してあった。

春の目がじわりと潤んだ。

「お駒《こま》――いえ、お幸は上手く馴染んでおりますか？」

「それが、そのぅ……」

律は一瞬迷った目をしたが、幸から聞いたことを隠さず話した。

「お幸がそんなことを……覚えていないというのは本当でしょう。あの子はおそらく人さらいにでもさらわれてひどい目に遭ったに違いありません。そうでなきゃ、湯島の子が千住で溺れたりしないでしょう。あの子には忘れたままでいて欲しかったから、広瀬さまやお濱さんたちには言わなかったけど――実は、助けた時、あの子のおなかと背中にはいくつも痣《あざ》があったんです」

「痣ですか」

「きっと人さらいに折檻《せっかん》されたんですよ。目が覚めてしばらくはひどい怯《おび》えようでした。自分の名前も言えないくらい……『こ』としか言わなかったけど、それじゃあいくらなんでも呼びようがないから『駒』にしようって、うちの人が」

野良猫を手なずけるように、飯と寝床はしっかり世話をした。商売があるから昼間は放って置いたが、店を閉めた後にゆっくりじっくり話しかけた。

「一月《ひとつき》もそんな様子でね。少しずつ話すようになったけど、前のことはほとんど覚えていなかった。腕の傷は拾った時には既に古傷で、土間で転んだようなことを言ってました。親が探しているだろうからって、店を二日閉めて上野と浅草に行ってみたけどなんの手がかりもなくてねぇ……まさか十年も経って親が見つかるなんて……」

弱々しい微笑みからは、喜びよりも悲しみが滲み出ていた。

「上野と浅草の他は当たらなかったんですか？　人さらいならもっとうんと遠くからさらってきたかもしれないでしょう？」と、涼太は訊いた。

「それは……店を営んでても暮らしはそう楽ではありませんから、そうそう店を閉めて出ける訳には――」

それは言い訳に過ぎず、幸を手放したくなかったからこそ、余計な詮索を避けたのだろう。

ちろりと律が咎めるような目をしたので、それ以上は訊かずに涼太は口をつぐんだ。

律が似面絵と一緒に持って来た白紙を広げた。

「お春さんと多平さんの似面絵を描いてもいいですか？　帰りにお幸さんのところへ行く約束なので、その時お渡ししたいんです」

「まあ、そりゃあもう……」と、春は嬉しげに頷いた。

己の似面絵が描き上がると、春は多平と交代するために店に戻った。

一緒に働いている少年は、幸がいなくなったために急きょ雇った近所の子供で、とても一人で店を任せられないそうである。

「十年前に戻っただけさ」と、多平も寂しげに苦笑した。「うちは子宝に恵まれなくてな。お春は離縁してもいいと言ったが、あいつほど気心のしれた女はいねぇ。別れる気はねぇから養子でももらうかって話してた時にお駒——いや、お幸を拾ったのさ」

三十代半ばの濱や吉次よりも、春や多平は五年は年上だ。

「こちとら子供を育てたことがねぇからよ。おっかなびっくりで、かえってお幸を怖がらせちまった。初めてお幸が笑った時だって、つい大騒ぎして泣かしちまったもんだ。だがなぁ、本当に嬉しかったんだよ。子供は授かりものだっていうけど、ほんとにそうさ。十年ぽっきりだったから授かりものじゃあなくて、預かりものだったんだがな」

わざとおどけた口調の多平が切ない。

「育ての親だって親は親ですよ。お幸さんはお二人を実親同然と思っているから、こうして私に様子見を頼んだんです。ねぇ、涼太さん？」

「もちろんです」と、涼太も大きく頷いた。「私は養子ではありませんが、親には生んでくれたことよりも、育ててくれたことに感謝しております」

この数年、特に父親の清次郎の伴をするようになって、ひしひしと感じていることであった。店の外に出る機会が増えてから、金持ちが一流とは限らぬこと、その逆もしかりという様をいくつも目の当たりにするようになった。

甘やかされた二代目三代目が身代を潰していく様も。

——生むだけなら犬猫だってできる。

今の己があるのは、青陽堂の跡取りに生まれたからだけでなく、佐和や清次郎の躾《しつけ》があってこそだと涼太は思っていた。

出来上がった似面絵を見て多平が鬢《びん》に手をやった。

「お上御用達の絵師さんだけあらぁな。お駒の似面絵にも度肝を抜かれたもんだが、こんな顔でもすらすらと一発で描いちまうんだから」

「見ながら描くのはずっと簡単なんですよ」

「そりゃああんたには易しいだろうが……それにしても、てめぇの似面絵ってのはこっぱずかしいもんだなぁ」

多平が差し出した礼金を律は固辞した。

「お代はもうお幸さんからもらってあるんです」

それは嘘だと思ったが、此度は涼太は口出しを避けた。

「じゃあ……すまないが、お駒——お幸に渡してもらえねぇだろうか？　金ならいくらあっても邪魔にはならねぇだろうから……」

「お易い御用です」

「ああ、向こうさんが気にするといけねぇから、こっそり頼みまさ。そうだ、荷物になるがよかったら菓子も――おい、お春！　ちょいとあれを包んでくれよ」

「あれって一体なんですか？」

店の方から春が訊き返す。

「あれってのはあれだ！　お駒が好きな――」

「ああ、あれですね」

多平と店へ戻ると、春がはちきれそうな小袋を差し出した。

「あの子はこれが大好きで……よかったらお二人も少し持ってってください」

言いながら春が別の袋に詰めたのは翁飴《おきなあめ》だった。水飴に寒天を混ぜて、柔らかく固めた四角い菓子だ。涼太が荷物持ちを申し出ると、遠慮がちにだが、煎餅《せんべい》やら兎玉《うさぎだま》やらも二人はそれぞれ袋に詰めて風呂敷の上に置いた。

包んだ風呂敷を斜めに背にかけ、涼太と律ははた屋を出た。

多平と春が夫婦揃って見送りに出て頭を下げる。

涼太と律も並んでお辞儀を返した。

こっちもまるで「夫婦」じゃねぇか――と、涼太は内心悦《えつ》に入った。

八

千住まで来ることはそうないからと、涼太に誘われるまま律は円通寺を駆け足で参拝した。円通寺を出ると、つい半刻前に通った道を戻り始める。

律に合わせて涼太はゆっくり歩いてくれるが、じきに八ツの鐘が鳴る。八ツ半には幸のところへ着けるだろうかと、律は少し足を速めた。

それに、涼太さんは本当に浅草に行くのかもしれないし……

——涼太には言っていないが、昨日息抜きに少し表に出た時、律は青陽堂を訪ねて来た綾乃に出会っていた。

当たり障りのない挨拶を交わしたのちに綾乃は言った。

「涼太さんには近頃よくしていただいておりまして……」

この「よくして」に何やら含みがあったことは確かだが、問い返すことはできなかった。

だが涼太が佐和についた嘘を聞いて、どことなく律は腑に落ちた。

涼太の跡取り仲間は四人いて、みな日本橋界隈に住んでいる。「仲間と遊ぶ」というならまず日本橋だろうに、わざわざ「浅草」に行くと言ったのは何故なのか。

嘘をつく時は少しだけほんとのことを混ぜるといい——

涼太も同じことをしているなら、「仲間と」というのは嘘でも「浅草に行く」というのは本当なのではないだろうか。

とすると、どうしても綾乃の顔が思い浮かんでしまう。

――木屋の娘なんざ興味はねぇさ――

そう涼太が言ったのも、綾乃のことが念頭にあったからなら頷ける。

御成街道から駕籠を飛ばせば浅草もそう遠くない。今は日が長いから、夕刻までまだたっぷりあるし、浅草なら綾乃もゆっくりできる。

店を継ぐまで佐和が嫁取りを許さないとあらば、佐和に隠れて会いたいと思うのも不思議はない。己の円通寺行きはきっかけに過ぎず、ああも張り切っていたのは綾乃のためだったのではないか……？

全て己の憶測だが、あえて確かめるような野暮にも愚か者にもなりたくはない。

ただ、胸が締め付けられるのは止められなかった。

いきなり「案内してやる」と言われた時は、もしやと思わぬでもなかった。涼太は心から嬉しげに見えたし、町の外で落ち合って昼餉や寺社参りを共にするなど、端《はた》から見ればまるで相思の間柄である。

涼太は気付いておらぬだろうが、円通寺行きが決まってから昨日まで、己がどれほど悩んだことか。手持ちの少ない着物や帯、櫛や簪を何度も組み合わせ、涼太と並んでも恥ずかしくないよう律なりに考え抜いた。

が、昨日綾乃に会ったことと、今朝涼太が「浅草」を口にしたことで、膨らんだ期待はいまやすっかりしぼんでしまい、諦めに変わってしまっていた。

「人さらいなんて……怖いわね」

あんまり黙っているのも変だと思い、律の方から話しかけた。

「ああ、七つまでは神のうちっていうが、神さまならまだ諦めもつくが人さらいじゃな」

「人さらいから逃げて追われて、川に落ちたのかしら？」

「舟から逃げようとしたのかもしれないぜ？」

「そうね……」

春や多平、幸の話をするうちにあっという間に湯島に着いた。

長屋に行くと幸の他に濱もいた。

「ああ、よかった。今日はお律さんが来るからと、お幸がもう我儘《わがまま》ばかり――」

「だって、急にお見合いなんて困ります」

「お見合い？」と、律は思わず問い返す。

「そんな堅苦しいもんじゃないんですよ。近頃店によく来るお客さんで、気立てのいい人だから一度会ってみないかといってるだけです。先ほどその人が店を通りかかって、七ツ過ぎに飲みに来るというから、お幸を連れに戻って来たところだったんです。――あら、あなたもご一緒でしたか」

律の後ろからついてきた涼太に気付いて濱が言った。

「青陽堂の若旦那だそうですねぇ。先日は気付かずにどうもすみません」

律と涼太の仲を推し量るように、濱が二人を交互に見た。

「涼太と申します」

名乗ってから、涼太は背負っていた風呂敷包みを律に渡しつつ言った。

「七ツならまだ時がありましょう。せっかくお律が千住まで出向いたんですから、少し土産話をさせてやってください。なんなら後で私どもがお幸さんを店まで送ります」

「いえ、まあ、そういうことなら……」

言葉を濁して濱は律たちを家に招き入れた。一人で居酒屋に戻る気はないようで、幸の横に座り込む。

あがりがまちに腰かけて、律は風呂敷包みを開いた。

「これは多平さんとお春さんからよ」

ぱんぱんに膨れた袋を開けて、幸は翁飴を一つ取り出した。

「嬉しい！　私、これに目がなくて——店を手伝い始めた頃、お駄賃の代わりにこれを三つ食べたいって言ったら、おとっつぁんが『莫迦だなぁ。この駄賃がありゃあ、その飴が五つは買えるぞ』って」

「ふふっ。私の弟も昔似たようなことを言ってたわ。弟はお饅頭が好きで、あんこに目がないの。だから『お駄賃なんかいらないから、お饅頭を買ってちょうだい』って。弟がまだ五つの頃よ」

その慶太郎も今は十歳になり、遊びではなく本気で菓子職人になりたいらしい。

慶太郎の奉公については、今井に相談せねばと思いつつそのままになっている。

「もう！　こんなにたくさん詰めるから袋が……おとっつぁんたら」

真ん中辺りの糊《のり》がはがれているのを見て幸が微笑んだ。

詰めたのはお春さんよ——

そう律が言う前に、濱が横から口を出した。

「おとっつぁんじゃなくて、多平さんだろ？」

明らかに気を損ねた顔と声だ。

「人の娘を莫迦呼ばわりするなんて——お幸、その飴がそんなに好きなら、今度たんと買ってあげるから」

「おっかさん、ごめんなさい。飴はいりませんから……」

「遠慮すんじゃないの。親子なんだから。それにしても気が利かないねぇ。駄菓子ばかりこんなにあってもしょうがないじゃないの」

ぶつくさ言う濱は放って、律は似面絵を取り出した。

「流石お律さん。そっくりだわ」

幸は喜んだが、濱を気遣っているのがありありと判る。律の方も遠慮がちに、新しく雇われた少年や店が繁盛していたことなどを話した。

本当は多平たちの想いをもっと伝えたかったし、幸の記憶についてももう少し訊いてみたかったのだが、濱が傍にいては難しい。

この分だと、多平から預かってきた金も上手く渡せそうになかった。

出直した方がいい――

同じことを考えたのか、さりげなく目配せした涼太に頷いて、律は二人に暇《いとま》を告げた。

――と、木戸の方からばたばたと大きな足音が近付いて来る。

「おい！　何をぐずぐずしてるんだ！　繁太郎《しげたろう》さんがお待ちだぞ！」

眉を吊り上げて土間に飛び込んできた吉次だったが、律たちに気付いて声を抑えた。

「お律さんと青陽堂の若旦那でしたな」

「お幸に会いに来てくだすったんだよ」

「さようで……ん？　なんだそれは？」

「お律さんがわざわざ千住まで出向いて、多平さんとお春さんの似面絵を描いてきてくれたそうだよ」

微かな嫌みを交えて濱が言うのへ、吉次はにっこり笑って応えた。

「こりゃあどうも、お幸のためにわざわざありがたい。しかし、本日はちと立て込んでおりまして――」

「ちょうどお暇するところでした」

幸がすがるような目で律を見た。

気の進まぬ見合いかもしれないが、これは律が口を出す筋合いではない。十六歳なら娘盛りで、一人娘なら尚更、良縁を望まぬ親はいないだろう。繁太郎とやらは「この人ならば」と二人が考えていた上客ではなかろうか。

「また近いうちにお伺いします」

そう言い残して、律は涼太と木戸の外に出た。

が、半町も行かぬうちに長屋の方から悲鳴が聞こえた。

振り返ると、木戸から幸が転がるように出て来た。

「お幸さん！」

必死の形相で駆けてくる幸に律も走り寄る。

「お律さん、私、思い出したんです――」

口をわななかせて訴える幸の後ろから、吉次と濱も木戸を飛び出して来た。

九

「私、思い出したんです。あの日もおとっつぁんに殴られた後に――」

幸が押さえた頰は赤い。

「殴ったなんて……ちょいと頰を張っただけじゃあないか。お前があまりにも聞き分けのないことを言うからだよ」

「そうさ。すまなかった。ついかっとなっちまった。だが滅多にない良縁なんだ。会わずに袖にするこたないだろう」

濱は呆れたように溜息をつき、吉次は神妙に謝ってから微笑んだ。

「お幸さん、思い出したって、一体何を?」

「私はおとっつぁんにしこたま殴られて……何もかも嫌になって、大川沿いをまっすぐまっすぐ逃げたんです。そのうち暗くなってきたけど、帰りたくなくて……ずうっと歩いていたら、遠くでおとっつぁんの声が聞こえて――走り出した途端、足を踏み外して川に落ちちゃったんです……」

幸たちは以前は浅草の三間町《さんげんちょう》に住んでいたという。隅田川沿いを浅草を越えて北上すると、やがて西に曲がって千住に行き着く。

「そんな筈はない。なんなら六《ろく》に訊いてみりゃあいい。私はお前がいなくなった日、六と一緒に町木戸が閉まるまで浅草中を探し回ったんだ。千住に行った覚えはないね」

六というのは六郎太《ろくろうた》という男のことで、吉次と濱が勤める居酒屋の主であった。

「まあ往来ではなんだから……」

悲鳴を聞きつけてやって来た番人と大家に伴われて、律たちは再び長屋の木戸をくぐった。隣りの家の民を始め、長屋のそこここから心配顔が覗いている。

「お騒がせしましてすみません」

吉次が如才なく頭を下げ、大家がみんなを自分の家へいざなった。

「思い出したんです」

律の袖をつかんだまま幸は続けた。

「もう駄目だって思ったから、私、家を出たんです」

「何をまた――お前は昔から大げさだったんだよ」と、濱がいなす。

「大げさな上に嘘つきだった」と、吉次。

「そうそう。あの日もお前が嘘をついたから、おとっつぁんが叱ったんだよ。殴ったなんてとんでもない。さっきみたいに頬を一度張っただけさ」

「しかし、お春さんがいうには、拾った時お幸さんは痣だらけだったと――」

余計なことかと思ったが、春から聞いたことを律は話した。

「そうだとしても、千住に行くまでに何があったかしれませんよ」

呆れたように濱が言った。

「殴ったというのはちと言い過ぎな気がするが……」

幸の顔を見ながらつぶやいた大家へ、吉次が大きく頷く。

「でしょう？　ほんとに小さい頃から大げさだったんです。なんだかこう、よくぼんやりしてましてね。あることないこと言うもんだから、嘘だけは言うなと、折々に叱ったことはありましたよ。それが親の務めですからね」

「それこそ嘘よ！」

短く叫んで幸が唇を噛む。

「――お幸さんは、いなくなった日、一体どんな嘘をついたんですか？」

律の後ろから涼太が問うた。

「それは――なんだったかなぁ。もう十年も前のことだしなぁ」

「お幸さんはどうして殴られたか覚えてますか？」

涼太に問われて幸はうつむいた。

「それは……何かおとっつぁんの気に入らないことがあって……」

「もっと思い出してみてください」

「おとっつぁんはいつも怒ってて、時々、おっかさんも――」

「まあ、なんてことを……」

声を詰まらせ濱は袖を目にやった。

「土間に落ちた時も、おとっつぁんに」

「嘘をお言い。言ったろう？　あれは叱られるのを嫌がって逃げたお前が、勝手に落ちたんだよ。腕を切ったのは、捨てようと思ってた割れたお茶碗の上に落ちたからさ。運が悪かったんだよ。おとっつぁんはあの後、お前のために急いで医者を呼びに行ったじゃないか」

幸は弱々しく頭を振った。思い出したといっても全てではないようだ。

「吉次さんたちはここへ越して来て五年になるが、理由なく怒ったりするような人たちじゃあないよ。他の住人にも訊いてごらん」

温かい笑みを浮かべて大家は幸を諭《さと》した。

「吉次さんたちも、ほら、やっと三人一緒に暮らせるようになったばかりじゃないか。縁談はちょいと早過ぎるんじゃないのかい？　もう少しお幸がここの暮らしに慣れてからだって遅くはないだろう？」

「そりゃあもう……私らは何も、今日明日に嫁げって言った訳じゃありません」

「そうだろう、そうだろう。さあ、今日のところは仲直りして――」

「嫌です！」

大家を遮《さえぎ》って幸が叫んだ。

「はた屋に帰りたい！　おっかさんとおとっつぁんのもとへ帰してください……！」

これには大家も番人も鼻白《はなじろ》んだ様子である。

つかまれた腕から幸の震えが伝わってくる。

幸と吉次たちの、どちらの言い分が正しいかは律には判らないが、幸の恐怖は本物だ。

どうしたらいいのか……

迷った律が涼太を見上げた時、戸口から声がした。

「今日のところはあたしが預かるよ」

民であった。

曲がった腰をして右手には杖を持っている。

「お隣りなんだから遠慮はいらないし、お前さんがたも安心だろう？　孫は今、上総《かずさ》の方に行ってるからね。しばらく帰らないからちょうどいい」

それなら——と、大家と番人が頷き合う。

今日のところは見合いを取りやめるよう番人にも言われて、不承不承だが吉次と濱は勤め先へと戻って行った。

「さあ、あたしらは片付けをしようかね。終わったら一緒に湯屋へ行こう」

涼太が民の、律は幸の手を取り、家に行って驚いた。

引き裂かれた似面絵と菓子が土間に散乱している。

幸が嗚咽を漏らした。

「似面絵はまた描いて、今度――五日後にまた上野に行った帰りに持って来るわ。それからこれ、さっきは渡しそびれちゃって――」

濱たちがいなくなったのをいいことに、律は多平から預かって来た金を幸に握らせた。

多平の言葉を伝えると幸が更に涙ぐむ。

「さあさ、泣いてないでさっさと片付けちまおう。ほら、袋に入ったままのはまだ食べられるさ。兎玉だって、潰れてないのはこうして埃《ほこり》をはたいちまえばいい」

民は明るくうながしたが、散らばっただけでなく、わざと踏み潰されたと思われるいくつもの菓子を見て、律は強い寒気を背筋に覚えた。

十

五日後、律は八ツ前に池見屋に巾着絵を納めに行った。

端午《たんご》の節句だからと、手間賃の他に柏餅《かしわもち》の包みを類がくれた。

帰り道の駄菓子屋で翁飴を少し買ってから、湯島横町の幸の長屋へと向かう。

「お幸さん？」

声をかけてから土間を覗いてみたが誰もいない。

「お幸なら逃げたよ」

隣りの戸口から民の声がして、律は民の家に顔を出した。

「逃げたって、千住へですか？」

「いいや」

にやにや笑って民は応えた。

「もっと、ずっと、遠くへさ」

「というと……？」

「お濱も吉次もいないところさね」

得意げに鼻を鳴らした民の顎には黒々とした痣がある。

「ああ、こいつはね、吉次の野郎にやられたのさ。けれどそのおかげであいつは番屋にしょっぴかれて一晩留め置かれたから、まあよしとするよ」

困惑した律を見とって民は笑った。

「こりゃすまないねぇ。孫にもよく言われるんだよ。ばあさんは話が飛び過ぎてよく判らねぇって。初めから話さないといけないね」

「お願いします」

「まあ、お上がりよ」

民が湯冷ましを出してくれたので、律は買って来た翁飴の袋を広げた。

「五日前、あんたとほれ、あの若旦那とやらが帰った後に、あたしはお幸とたっぷり話をしたのさ。あの話、あんたはどう思ったか知らないけど、あたしはお幸を信じたよ」

「お幸さんは本当に怖がっていました」

「そうともさ。話をするうちにお幸はどんどん思い出したんだ。お幸は物心ついてからこっち吉次を恐れて過ごした。吉次は一見人が好く見えるけど、家ではお幸を殴る蹴るといいように痛めつけていたそうだよ」

「でも吉次さんはお幸さんの実の父親では？」

「まああれだけ似てるんだ。父親なのは間違いないんだろう。だが、お幸が幼い頃は疑ってたらしい。お濱が誰かと通じて身ごもった子なんじゃないかってね。お濱が吉次の所業を見て見ぬふりをしてたどころか、時には吉次と一緒になってお幸を殴ったそうだから、お濱にはきっと身に覚えがあったんだろう」

「そんな……」

不義密通は死罪だが、それは表沙汰になればのことだ。実際は示談や知らぬ存ぜぬを通す者が多く、稀《まれ》に刃傷沙汰《にんじょうざた》になるくらいである。夫婦の誓いを立てた者たちが密通するのは律には理解し難いが、妻がいても花街へ繰り出す男はごまんといるのだから、遊びと割り切って密通する女がいてもおかしくはない。

幸が土間に落ちたのは五つの時で、何か些細《ささい》なことで腹を立てた吉次にまず茶碗を投げつけられた。茶碗は当たらなかったがよけた幸に吉次はますます苛立ち、幸を土間に蹴り落としたのだという。

「千住で吉次さんの声を聞いたというのは?」

「それはあの子の勘違いだろう。それくらい吉次に怯えていたのさ。逃げようとして川へ落ちたってお幸は言ったけど、『捕まるくらいなら死んだ方がいい』って思ったそうだ」

それではまるで身投げではないか。

たった六つの子が、そこまで思い詰めてたなんて……

「あの子は嘘つきなんかじゃないよ。嘘つきはむしろ吉次らの方だ。あの若旦那だってきっとそう思ったから、吉次に問うたのさ。あの子が一体どんな嘘をついたのか——」

しばし戸口で盗み聞きしていたのだと、民は言った。

「娘がいなくなった日のことを、忘れる親がいるもんか。嘘を責め立てたのなら、そのことだってちゃあんと覚えている筈さ。まっとうな親ならね……血の繋がりだけが親子じゃないんだ。実の親に邪険にされることもありゃ、なさぬ仲の子のために命を懸ける者もいる」

——生んでくれたことよりも、育ててくれたことに感謝している——

多平に言った涼太の言葉が思い出された。

「それに、あの二人の性根はあたしはとっくに知ってたよ。隣り同士だ。大抵の話は筒抜けさね。吉次もお濱も外面《そとづら》はいいけど、怠け者でいつだって他人を羨《うらや》んでばかり。お幸のことだって、お鞠の——いや、丸七のことがなかったら、思い出しもしなかったろうさ」

「丸七のこと?」

丸七は深川の船宿で、お鞠を見つけて看病した夫婦が営んでいる。

「あたしは知らなかったけど、孫がいうには丸七ってのはただの船宿じゃない。お抱えの板前がいるような立派な旅籠《はたご》なんだとさ」

「はあ」

「そこの一人息子がまだ十なんだが、お鞠に惚れちまったそうでね。お鞠も満更でもないらしい。といってもまだまだ可愛い初恋同士さね。ゆくゆくどうなるかは判らないが、まずは家ぐるみでお付き合いをってんで、今度の川開きは丸七で特別に舟を出すそうだよ」

両国の川開きは皐月《さつき》の二十八日で、両国橋付近で大々的な花火が上がる。川の両岸はもちろん、水上も舟で賑わう夏の風物詩だ。

「お鞠のことを伝え聞いて、お濱と吉次は言ってたよ。お幸がいれば、今頃誰ぞの玉の輿《こし》に乗せられたんじゃないかってね——」

吉次たちが勤める居酒屋の主・六郎太は吉次の幼馴染みだという。若いうちは雇われだった六郎太は八年ほど前に店を持つに至り、それを知った吉次に頼み込まれて店で雇った。三年後に六郎太は妻に先立たれ、その際、一人娘と大喧嘩した。娘は家を飛び出し、足りなくなった女手を六郎太は濱を雇うことで補った。

「六郎太さんの娘が飛び出したのは、吉次らにいいように利用されている父親が我慢ならなかったかららしい。吉次たちはいずれ居酒屋を乗っ取ろうと画策してたけど、春先に娘がひょっこり帰ってきたんだよ。それも夫と孫を連れてね。六郎太さんも悔いてたんだろうね。

店の近くに長屋を借りてやり、大喜びで娘夫婦を迎えたんだ。娘婿は蕎麦屋の三男でさ。包丁は持ったことないけど、仕込めばなんとかなるだろうってんで、六郎太さんは吉次たちに秋までに新しい勤め先を探すよう言ったそうだ」

「それで吉次さんたちは、お見合いを急いでいたんですね。お幸さんが玉の輿に乗れば、自分たちも面倒を見てもらえると思って」

「そうさ。青陽堂の若旦那にも目をつけてたよ。繁太郎ってのと上手くいかなかったら、次は青陽堂に押しかける気だったかもしれないね。あんたを訪ねるふりをしてさ」

「涼太さんにも――」

「まあ、玉の輿なんて初めはただの戯言《ざれごと》に過ぎなかった。あんたに似面絵を頼みに行った時は……あん時は、少なくともお濱は、幼くしていなくなった娘を本気で偲《しの》んでいたよ」

だがまさか本当に――しかも、ああも容易く――幸が見つかるとは、濱も思わなかったに違いない。

「見つかったって聞いた時も、お濱は心から喜んでいた。ひどい扱いをしたことを詫びて戻ってきてもらおう、あんたからもちゃんと謝っておくれよって、吉次に何度も念を押していたものさ。新しい着物や簪まで用意してね……それがまあ、お幸が昔のことを覚えてないって知った途端、あの子をどう利用するか、それだけになっちまった……」

「それで、お幸さんは？」

「全てを思い出したからにはあの二人とは暮らせないってんでね。翌日、あたしはあの子をはた屋に送り出した。あちらさんがその気なら、手を貸してやらないこともないってね」

二日待ってくれ、と多平は言ったそうである。

――二日後には必ずお駒を迎えにゆく――

「お幸は迷わなかったよ。二日後に迎えに来た多平さんらと三人で、着の身着のままお伊勢さんへ旅立って行った」

庶民が諸国を出入りするのは難しいが、伊勢参りなら咎められることはまずない。

「じゃあ、お伊勢参りでほとぼりを冷まして、帰って来たら――」

「帰らないよ」

こともなげに民は言った。

「多平さんは二日のうちに、気心の知れた者に店を譲ったそうだ。町のみんなが力を貸してくれて、手形やら旅支度やらを手伝ってくれたんだと」

多平たちが訪ねて来たのは昼前で、挨拶もそこそこに幸を連れて品川へ向かったという。

午後に様子を見に来た濱は民が誤魔化したものの、その夜、二人はいつもより早く帰って来て幸が逃げたことを知った。激昂《げっこう》して民を杖で打った吉次は長屋の住人に取り押さえられ、番屋で一晩を過ごす羽目になった。翌日、吉次と濱は千住に向かい、はた屋が人手に渡ったことを知ったのだ。

「品川で捕まえてやると、その足で息巻いてったそうだけど、無駄足踏んで帰って来たよ。今日は朝から、娘がさらわれたとお上に訴えに行ったけど、相手にしてもらえるかどうか」

ふふふ、と民は忍び笑いを漏らした。

「……品川宿に向かったっていうのは本当なんですか？」

伊勢参りには東海道が人気だが、中山道《なかせんどう》や甲州街道から向かう者も少なくない。

「さぁてね」と、民はいたずらな目を向けた。「多平さんは品川へ行くと言ったよ。千住でもそのように町の者に言ったんだろう。けどあの人もお春さんも、もとは信州の出だとお幸は言ってたねぇ……」

もしも伊勢参りを装って故郷へ戻るつもりなら、三人は板橋宿《いたばししゆく》から中山道へ抜けたことだろう。

「あんた、似面絵が無駄になっちまったね」

「そんなのなんでもありません。お民さんこそ、お寂しくなったのでは？」

「そうでもないさ。あの子がここにいたのは、ほんの半月ばかりのことだもの。お幸だったのもほんの半月。これからあの子はお駒として親元で幸せに暮らすんだ。喜ばしいことじゃあないか」

と言いつつ、民の目はやはり寂しげだ。

「まあ、ちぃと惜しい気がしないでもないね。お濱じゃないけど、あたしもあの子が孫と一緒になってくれたら、なんて、ちらりと思ったもんだからさ」

十数年前、民は夫と息子、そして嫁を二年足らずの間に相次いで病で亡くしたという。それからは民が孫息子の母親代わりで、孫は今年十八歳になった。上総屋という乾物屋に勤めて八年で、主から信頼されており、今は主のお伴で上総まで買い付けに出ているそうである。

「お律さん、あんたはほれ、あの若旦那といい仲なのかい？」

「まさか。涼太さんは広瀬——ご同心と親しくされてるので、お幸さんのことを気にかけていらしただけです」

「そうかい。なら、うちの孫はどうだい？」

「えっ？」

「あの若旦那ほど背丈はないけど、顔は劣らぬ男前さ。逞しくて気立てがよくて、ここいらの娘たちには評判なんだよ。お幸だって一目見て顔を赤らめたくらいさ。身寄りはあたしだけで、うるさい舅《しゅうと》や姑はいない。見たところお律さんは二十一、二かね？　姉さん女房もまたいいもんさ。若夫婦の邪魔になりたくはないからね。二人はどこか別に所帯を持つといいよ。あたしは一人でもちゃあんとやってけるからさ」

「あ、あの、私は――」

律が口ごもると民が噴き出した。

「そんなに慌てなくても冗談さね。ああ、孫が男前なのは嘘じゃあないよ」

「はあ」

「だから気が変わったら、またいつでも訪ねておいで」

そう言って民はにんまりとした。

十一

今井宅から保次郎の声が聞こえる。

幸のことを報告しようと、「先生」と声をかけつつ土間を覗いた律は、戸口の前で足をすくめた。

今井と保次郎の二人と談笑しているのは、涼太ではなく佐和だった。

「おや、お律さん。上野からの帰りですか?」

「あ、はい、湯島――あ、その、上野からですが」

動揺した律に保次郎が微笑んだ。

「湯島に寄って来たのだね? なら、お幸のことを聞いたかい?」

「はい、もう……」

「お幸さんのこととは？」

問うた佐和に、保次郎が顚末を語った。

律は冷や冷やしながら保次郎を窺ったが、心得たもので、保次郎は涼太のことは上手く省き、律だけがはた屋を訪ねたように取り繕った。

律が民から聞いた話に、六郎太から聞いた話を保次郎は加えた。

「吉次とお濱は以前は深川に住んでいたそうです。だから丸七もよく知っていたらしい。吉次がお幸をあまりに邪険にするんで、住人や大家と喧嘩になって、深川の長屋を追い出されたのだと六郎太から聞きました。その頃六郎太は浅草に住んでいて、吉次たちは六郎太を頼って浅草に越したのですが、浅草の長屋でも折檻が過ぎると何度も咎められていたそうです。お幸がいなくなった数日こそ辺りを探して歩いたようですが、五日目には酒の上だが『いなくなってせいせいした』と六郎太に打ち明けたそうで……六郎太ももう何年も前に愛想を尽かしておりました」

「嘆かわしいことです」

佐和が言下《げんか》に言い放った。

「抗《あらが》うすべを持たぬ幼子を痛めつけた吉次という者にも腹が立ちますが、更に腹立たしいのは濱という女の方です。己《おの》が子を守れぬような女は、母親になるべきではなかったのです。

かような者が同じ母親かと思うと虫唾《むしず》が走りますよ」

「子は親を選べませんからなぁ」と、今井がしみじみ相槌を打つ。

「まさにしかりでございます」

頷いてから佐和はふっと口元を緩めた。

「加えて思うようにいかぬのが子育てというものです。親たる者、辛抱が肝要だとは判っているのですが、こちらは私は二十年を経てもまだ修めきれておりません」

「何を仰います、女将さん。女将さんは立派なお子を二人も育て上げられた」

「お世辞は結構ですよ、先生。香は嫁いでもまだ娘気分が抜けずにいるし、涼太はやっと帳場の仕事を習い始めたところでして嫁取りどころじゃございません。先日一つ縁談をいただいたのですが、未熟者ゆえ不首尾に終わりました」

興味はないと涼太自身が言っていたから驚きはないが、佐和がちらりと己を見やったのが律には気になる。

「いまだ仲間をだしに昼間から遊びに行くような怠け者ですからね。五日前も浅草の見世物を観に行くなどと、子供じゃあるまいし——夜遊びならまだしも、そのような嘘が私に通じると思っていることこそ子供じみていて嫌になりますよ」

「まあまあ、たまにはよいではありませんか」

今井はとりなしたが、佐和が涼太の嘘を見抜いていたと知って律は心穏やかではない。

——もしや私と千住に行ったことをご存じなのかしら？

そうでなくても仲間と一緒でなかったことは確信しているようだ。

五日前、涼太とは御成街道を渡ったところで別れていた。

仲間たちと「遊ぶ」以上、あまり早く帰ると怪しまれるからとのことだったが——

女将さんなら、あの後涼太さんがどこで何をしていたのかお見通しなのかもしれない……

「ところでお律さん」

「はい！」

急に呼ばれて律は背筋を正した。

「今日はお律さんを訪ねて来たのですよ」

「私を？」

「前掛けをもう五枚お願いしたいのです。手が空《す》いた時でいいのでお願いできますか？」

「はい、それはもちろん……」

下染めした布を律に渡すと、佐和は今井の後ろに立てかけられた幟《のぼり》を見やった。

「あれは伊三郎さんが？」

黒と赤を基調にした荒々しい筆遣いの鐘馗《しょうき》だが、描いたのは律だった。

「あれは私が慶太郎にせがまれまして、四年ほど前に」

「よく描けているでしょう？」と、今井が微笑んだ。「鐘馗さまは魔除けとなってくださるだけでなく、学業成就も助けてくださるありがたい神さまですからな。他の子供にもご利益を分けてやりたいので、毎年、端午の節句に指南所に持って来るよう、慶太郎に頼んでいるのです」

「とてもよい鐘馗さまですこと。勇ましくて心強い……素人の私がいうのは差し出がましいことですが、とてもよく描けておりますよ、お律さん」

「あ、ありがとうございます、女将さん」

律が礼を言うと、佐和は会釈を返して暇を告げた。

佐和の姿が見えなくなると、律はほっと微かに息を漏らした。

茶を淹れ直そうと支度をしていると、ほどなくして涼太がやって来た。

「つるかめつるかめ……」

「どうした涼太？　何か不吉なものでも見たか？」

「いや先生、それが女将がなんだか、えらいご機嫌なんでさ」

「ほう。よいことではないか。店の者にもお前にとっても」

「そうなんですが、なんだか不吉――いや、不気味で仕方ねぇ。お律に前掛けを頼みにこっちを訪ねたそうですが、ほんとにそれだけだったんで？」

「お律が戻る少し前に来たからね。挨拶と世間話を少々、それから湯島横町のお幸の話を広瀬さんがしたよ」

「広瀬さん、よもや俺が千住へ行ったことは――」

「案ずるな涼太。私が上手く誤魔化しておいた。しかし、お前の嘘はとっくに女将にばれていたようだぞ」

「えっ？」

「それを言うなら広瀬さん、広瀬さんの話だって女将は信じたかどうか」と、今井。

「ううむ。あの女将なら見抜いていたやもしれませんね」

「俺の嘘がばれてたってぇのは一体――お律、お前は何も余計なことは」

「余計なことってなんですか？」

つんとして律は応えた。

予想以上の涼太の慌てぶりがどうも気に障る。

「私はなんにも言わなかったけど、嘘をついたのは私じゃないもの。私はやましいことなんか一つもないわ。千住に行ったのだって、広瀬さんの御用聞きと思えばおかしくないでしょう？　御成街道でお別れしたのちのことは、私の知る限りじゃありませんし」

「お律――あれは――」

更に狼狽《ろうばい》する涼太に疑惑は深まるばかりである。

――「あれ」って一体なんなのよ――

が、問い返したところで虚しくなるだけなのは目に見えていた。

「そうなんですよ、お律さん。御用聞きならちっともおかしくないのです。御用聞きなら私もいくらでもかばいだてできるのだよ、涼太」

「だから広瀬さん、そんな暇はねぇんですよ。早く一人前にならねぇと……」

「嫁取りもままならぬ、か。木屋の娘との縁談は不首尾に終わったそうだな、涼太？　まずは茶を淹れてくれないか。茶請けには指南所でもらった柏餅がたんとある」

微笑した今井が水を向けると、涼太はほっとした顔をして律の手から茶筒を取る。

涼太の人差し指が、微かに律の小指に触れて離れた。

「ええ、あれはもともと親父が勝手に――」

茶筒を開けながら涼太は木屋での縁談を面白可笑しく語り始めたが、律の小指はいつまでも熱いままだった。

第三章

舞う百日紅《さるすべり》

一

咲き乱れる百日紅《さるすべり》を描きとめると、律は北へと家路を急いだ。

百日紅を見かけたのは小伝馬上町《こでんまかみちょう》にある稲荷なのだが、牢屋が近いせいか、どことなくひっそりとしていて長居し難い。

律が牢屋から四町ほど南東にある長谷川町《はせがわちょう》へ通い始めて七日が経った。長谷川町には上絵師・一景《いっけい》の仕事場がある。

水無月の頭に池見屋を訪ねた際に、類から持ちかけられ、半月ほど律は一景の仕事を手伝うことになった。

一景の弟子の一人が、長兄《ちょうけい》の婚礼のために親元の舞坂《まいさか》へ帰郷しているのである。行って帰るだけなら十日ほどで済むが、それではあまりにも気の毒だ。親孝行を兼ねてしばしゆっくりしてくるがいいと、一景が半月の休暇を与えた。

愛弟子を思いやってのことだったが、秋物の着物を既に何着も請け負っていて「猫の手も借りたい」と一景がこぼしたところへ、類が律を勧めたのだった。

一景は江戸ではそこそこ名の知れている上絵師で、弟子は帰郷している者を含めて四人いる。ゆえに律が手伝うのは蒸しや水元《みずもと》が主であった。下絵さえも任せてもらえない下働きのみだが、律に不満はなかった。弟子たちはみんな男で弟子入りして五年から十年と長い月日を一景と過ごしている。よそ者の――しかも女の――律が下働きに徹するのは当然だ。

弟子たちも己の領分は心得ており、黙々と、そして淡々と分業して仕事をこなしていく。香なら「息苦しい」と半刻と経たずに逃げ出しそうだが、父親の伊三郎も寡黙《かもく》な方だったし、そもそも律には男たちに交じって気の利いた話などできそうにない。

手間賃は安いが、手の空いた時は仕事を見ていいと一景に言われていた。

見るといっても少し離れたところからのみで問いかけはご法度《はっと》だ。

それでも律には充分学ぶところがあり、朝から夕刻まで飽きることがない。

今日は一景が紋絵を描くのを見ることができた。

ぶん回しの足をゆっくり下ろすと、遅過ぎず早過ぎず、迷いなく一筆ずつ回していく。墨入れは筆先を整えながら念入りに。一景は伊三郎と比べると姿勢がよく、少し離れた律からも紋絵を見つめる目が見えた。

神前にいるかのごとくまっすぐで穏やかな瞳は、昔見た父親のそれに似ていた。

瞳にも手にも家紋への祈りが込められている。

紋絵に対する心得は伊三郎も一景も変わらぬようだ。言葉で教わったことはなくとも、伏野屋と青陽堂の前掛けを手がけた時、律も同じように祈りを込めた。

商家の、しかも前掛けの紋なぞ武家の羽織の紋とは重みが違うが、「家内安全」「商売繁盛」はもちろんのこと、両家の成り立ちやこれまでの歩み、家族、奉公人、店の佇《たたず》まいなどを思い浮かべながら一つ一つ丹念に仕上げたものである。

弟子たちの仕事を見るのも律には大いに勉強になっている。

染料の混ぜ方や筆の運びなど、己と違う工夫があると目を皿のようにして見入ってしまう。また、仕事場に潜む弟子たちの心意気に律は感じ入った。

張り枠の強さから筆の毛までそれぞれこだわりを持っているものの、三人が三人とも一景の――ひいては一つの作品へと心血を注いでいる。そこには己を殺しているという息苦しさよりも、仕事への強い誇りが感ぜられた。

仕事は七ツまでで通いの律は家に帰るが、部屋住みの弟子たちはそれから各々修業にいそしむ。外に出て描くこともあれば、ぶん回しの練習をすることもある。そうして描いたものを一景が一つ一つ寸評してくれるそうである。

「お前も見てもらいなよ」と勤める前に類は言ったが、弟子でもないのにそうおいそれと頼めるものではない。しかし七日経って気心が知れてきたのか、今日は弟子の中でも一番年上の幹介《かんすけ》が「お律さんも見てもらってはどうか？」と言ってくれたのだ。聞けば一景はそのつもりで類にも言っていたのだが、無理強いはしたくないと思っていたようである。

外で仕事をするのは初めての律だった。男ばかりの仕事場ということもあり、遠慮がちにこの七日を過ごしていた。

――もっと早く、自分から訊けばよかった。

限られた時を無駄にしたと思う反面、一景や弟子たちの前で一体何を披露したらいいのかと怖気《おじけ》づいている己がいる。

描いたばかりの百日紅でさえ何やら物足りないように思えるし、上手く描けたと思っていた紋絵も一景には子供騙しに見えるのではないか？

仕事場を出た時には弾んでいた胸が、和泉橋を渡る頃には重苦しくなっていた。

神田相生町の長屋まで戻ると、ちょうど青陽堂の女将の佐和が客の見送りを終えたところであった。

「お律さん、こんにちは。ちょうどよいところへいらっしゃいました」

「こんにちは、女将さん」

「私の友人が巾着絵を一枚頼みたいそうなのですが、引き受けていただけましょうか？」

「え？　それはもちろん――ありがとうございます」

「私の巾着を気に入ったようでしてね。あの紫色が特によかったので、桔梗《ききょう》はどうかと言っております」

「桔梗ですね。下描きをしておきます」

思わぬ注文に先ほどまでの不安な気持ちが和らいだ。

今からでも桔梗の絵をいくつか描いて、明日一景さんに見てもらおう——

「上野からのお帰りですか？」

「いえ、今日は長谷川町からです」

手短に一景のもとで下働きをしていることを伝えた。

「それはよいことです。家にいては気付かぬことも多いですからね。しかしそういうことだと、しばらく涼太には会っていないのですね？」

「あ、はい……お茶の時には留守にしているので……」

急に何を言い出すのかと、律は戸惑った。

「そうですか。あの子は近頃どうも様子がおかしいのです。届け物だと外出しては、帰りも遅くなることがしばしば。この一月ほどは夜遊びも目に見えて増えています。付き合いなら仕方ありませんが、そう思われないふしもあるので、お律さんなら何かご存じなのではないかとお訊きしようと思っていました」

「私はその、涼太さんとは先生の家でお茶をいただくだけですし——」

それもこの十日余りご無沙汰だ。

また言われてみれば、皐月の頭から数えても涼太とは十回と顔を合わせていない。店が忙しいのだと思っていたが、佐和の話からするとそうではないらしい。

となると、真っ先に頭に浮かぶのは綾乃のことだ。

巾着の注文で膨らんだ胸が一気にしぼんだ。

未練だとは承知している。だが思い切るにはまだまだ時がかかりそうだった。

佐和と別れて家に帰る手前で、今井が律を呼び止めた。

「お律、ちょっとおいで」

律が上がると今井が紙包みを差し出した。

包みに押されている丸に一つ石の印は、近所の佐久間町にある一石屋《いっこくや》のものだ。土産かもらいものをくれるのかと、律は包みを受け取って「ありがとうございます」と頭を下げた。

「一石屋なんだが、慶太郎の奉公先にどうだろうか？」

「慶太郎の？」

驚いて、律は手元に置いた包みと今井の顔を交互に見た。

「ここからなら通えぬことはないが、仕込みで朝晩忙しいから、勤める気があるなら部屋住みが欲しいそうだ。今は主夫婦と息子夫婦の四人に奉公人二人で回しているが、奉公人の一人は別の菓子屋に婿入りが決まって秋には祝言《しゅうげん》を挙げる。もう一人も一、二年のうちには身を固めて通いになるか一人立ちするらしい」

「はあ……」

「秋の祝言が終わったら部屋が空くから――」

「秋って一体いつですか？」

「日取りでもめているそうだが、早ければ葉月か長月《ながつき》にも」

「葉月なんてあと二月もないじゃありませんか」

「うん。だが慶太郎は乗り気だよ」

「ひどい。二人で私を蚊帳《かや》の外に……」

「寂しいのは判るがね、お律、慶太郎に私と相談すると言ったんだろう？　仕事にかまけて先延ばしにするのはよくないね。慶太郎だって子供なりにいろいろ考えているんだよ」

いつも通り温かく微笑んで今井は言ったが、律は頷くことができずにうつむいた。

頭では判っている。

一石屋は大店ではないが土地の者に愛されている菓子屋で、今の主が二代目、息子が三代目だ。佐久間町は二町ほどしか離れていないから、いつでも様子を見に行くことができるし、慶太郎が乗り気なら律には反対しようがない好条件の奉公先である。

判ってはいるのだけど――

「伊三郎さんの跡継ぎはお律だよ」

はっとして律は今井を見た。

「表の名札にも書いてあるね。『上絵師　律』と。巾着絵でも上絵には違いないし、池見屋に着物を納めているような上絵師が、女将さんが勧めたというだけで仕事場にお前を出入りさせたりしないだろう。お前の絵を見た上で決めたに違いないよ」

今井の言葉を聞いて膝に置いていた拳を握りしめる。

躊躇《ためら》っていたのは慶太郎が奉公に――菓子職人になるからではなく、自分に自信がなかったからだと気付いた。慶太郎が生まれぬうちは、そのうち伊三郎が男弟子を取り、己はその弟子の妻となるのだろうと思っていたし、慶太郎が生まれてからは、いずれ自分が家を出て慶太郎が父親の跡を継ぐのが当たり前だと考えていた。

伊三郎の死後、己が跡を継ごうと名札を書きかえたが、今思えばその決意は至って甘いものだった。暮らしが、弟が、と言いながら、己の才能と向き合うことを避けてきたような気がするのだ。どこかで自分一人が父親の跡継ぎとなることを恐れていたのである。

「先生は……なんだってお見通しなんですね」

「そんなことないさ」

思い返せば、律を一景に引き合わせた時、類は伊三郎の名を出さなかった。それは一景も同じで、弟子たちにも「この人が池見屋からご紹介いただいたお律さんだ」としか言わなかった。伊三郎の名を出したのは律自身だ。

――昨年亡くなった伊三郎の娘の律です。上絵は父から教わりました――

だから女でも一通りのことはできると言いたかったのだが、心底《しんてい》にはおそらく女や半人前であることへの言い訳があった。

上絵師への道を選んだのは私自身の筈なのに……

「……もっと精進《しょうじん》します」

「そう気負わずともよいだろうが、まずは長谷川町でしっかり勤めておいで」

「はい」

頷いてから菓子の包みを手に取った。

「慶太郎には夕餉の時に話します」

「それがいいね。一石屋が奉公人を探しているようだとは話したが、詳しいことはまだ教えていないんだ。お前の口から伝えておやり」

「はい」

もう一度頷いて、律は夕餉の支度をしに家に帰った。

二

残りの八日間をつつがなく終え、律は七ツ半に一景の仕事場を後にした。

半月分の手間賃を受け取り、最後にまた少し一景に下描きを見てもらった。この八日間、弟子に交じって寸評をもらっていたのは主に桔梗の絵だが、一景は覚え書きのような百日紅にも目を留めて言った。

「この小伝馬町の百日紅は、私も散歩がてらによく見るよ。同じ花でも夏の終わりはまた一味違う。機会があったら夏が終わる頃もう一度見に行ってみなさい」

「はい」

「半月だったがよくやってくれた」

そう一景は労《ねぎら》ってくれたが、またおいでとは言われなかった。

――翌日、律は思い立って牛込へ出かけることにした。

父親の根付が見つかった質屋・堀井屋を訪ねてみようと思ったのだ。

鬼子母神は護国寺から更に四半里ほど西にあるが、堀井屋のある音羽町九丁目はずっと手前――伊三郎の遺体が見つかった石切橋から五町ほど北西に位置している。

鬼子母神は十年前に一度だけ訪ねたことがあった。慶太郎の安産祈願に親子三人で出かけたのである。両親と遠出したのはあれが最後で、慶太郎が生まれてからは美和は出かけるどころではなく、その慶太郎が四歳の時に美和は殺されてしまった。ゆえに慶太郎は家族で出かけた想い出を持たない。

奉公へ出す前に、どこかへ一緒に出かけようかしら――

川沿いを歩きながら律は思案した。

律が迷わず行けそうなところだと増上寺、深川、王子権現あたりだが、慶太郎には退屈だろう。浅草や日本橋なら楽しめるだろうが遠出とはいえない。

思い切って目黒不動さまとか……

なんとなく涼太の顔が思い出されて律は小さく頭を振ったが、石切橋が近付くにつれ、慶太郎や涼太のことは自然と頭から離れた。

遊びや暇つぶしで来たのではない。

おとっつぁんの根付を売ったのは誰なのか――

多忙な保次郎や火盗を頼みにしてばかりいないで、少しでも自分で伊三郎の死の真相や美和の仇のことが探れないかと思って来たのである。

音羽町は護国寺へ続く長い町で、九丁目はその入り口にあたる。堀井屋は表通りから一本西に入った八丁目よりで見つかった。

質屋のことは、長屋の者たちや、駆け落ち同然に一緒になった両親の昔話では聞いたことがある。だが「宵越しの金は持たねぇ」と豪語する者たちと違い、伊三郎は今井に小金を預けるほどだったから、律自身はこれまで質屋に出入りしたことがない。

しばし躊躇ったのち、律は堀井屋の暖簾をくぐった。

「いらっしゃい」

慇懃《いんぎん》に迎えたのは四十路《よそじ》を越えた、でっぷりとした目の細い男だった。

「預け入れかね？　買い取りかね？」

「あ、ええと、あのぅ……」

律が口ごもると男は訝《いぶか》しげに律を上から下まで見やった。

一人しかいない上に四十路過ぎということは、この男が主だとみていいだろう。

——何か隠してやがるんじゃねぇかと——

そう涼太は言った。「怪しい」と保次郎も思ったそうである。

ゆえに下手なことは言えぬと、律なりに考えてきた台詞《せりふ》を口にした。

「ね——根付を見せてもらえないかと……その、友人からこちらのお店で掘り出し物を見かけたと聞きまして——」

「根付ですか。ほうほう」

買い物客だと判ったからか、男はにっこりして頷いた。

「ありますよ、根付。流れ物だけど良い物ばかりです」

そう言って男は根付ばかり入った箱を二つ律の前に並べた。

安物も交じってはいたが、「良い物」が多いのは確かである。

「ご友人が見かけたというのは、どういったものですかな？」

「ええと、その、根付師の芳勝さんの手によるものです」

「芳勝……」

微かに眉根を寄せて、男は箱へ目を落とした。

「ああ、あれなら売れてしまいました。葡萄の裏に鼠が隠れている凝ったものでしたな」

「ええそうなんです――そう聞きました」

頷いてから言い直す。

「あれはよく出来ていましたが、お客さんのような、若い女性が好むようなものではなかったですよ」

「その、教えてくれたのは、実は男の人で……そのぅ、贈り物にできないかと思って」

「なるほど。意中の君への贈り物という訳ですか？」

「い、意中の――という訳では……」

しどろもどろになったのは涼太の顔が浮かんだからだ。

「芳勝の根付なら流れ物でも安くはありません。お客さんのようなお人が贈り物にと思うなら、さぞかしいい男なんでしょうな。一体どんなお人なんで？　店に来たなら覚えているかもしれませんし、よかったら代わりの物を見繕いますよ」

「それは……」

涼太の容姿を告げれば、男は涼太と共に保次郎――定廻り同心――のことも思い出すだろう。もしも涼太が勘ぐった通り、男が何か隠しているのなら、己が保次郎たちとつながっていると気付かれるのはまずい。

「背丈は五尺八寸ほどで……」

「ほうほう」

「頬ににきびの跡が少し……でも悪いお顔じゃありません。ひょろっとして見えますが、腕なんかはしっかりしてて、染物の職人さんなので、その」

基二郎を思い浮かべながら言うと、男は微笑んだ。

「なるほど。職人なら芳勝に目をつけてもおかしくない」

「そう、そうなんです。見る目のある人なんです」

実際、基二郎なら伊三郎のように凝った細工物を好みそうであった。

「なるほどなぁ」と、顎に手をやって男が頷く。

それなら、と男がいくつか勧めてくれた根付は、どれも芳勝のものに負けず劣らずのものだったが、根付は単なる話のねたで買うつもりはないし、充分な金も持ち合わせていない。

「やっぱりちょっと」

「お気に召しませんか？」

「ええ、芳勝さんの根付が大層気に入っていたものですから……手放した人はよほどお金に困っていたのでしょうか？」

「そりゃあお客さん、金に困っていなきゃ、誰も質屋に売ったりしませんよ」

「そのぅ、やはり粋な方でしたか？」

「いやいや、お客さんの想い人の足元にも及ばないよ。身なりは悪くなかったが、三十路過ぎの冴えない男だったからねぇ」

細い目を更に細めて男は笑った。

もっと詳しく訊きたかったが、こんなところで似面絵を描かせてくれとは言えないし、少なくとも男は一つ嘘をついている。買い取り客のことはよく覚えていないと、涼太や保次郎には応えたくせに、今の口ぶりだとしっかり覚えているようだ。

「常連さんじゃないんですね？」

「初めて見る顔だったねぇ。さっき言ったように身なりはそこそこだったからね。根っからの貧乏人じゃないだろう。きっと博打で負けたかして、急に金が必要になったんじゃないかなぁ」

「博打ですか」

それなら仇の男とつながりがあるかもしれない――

「おや、お客さんも博打に興味があるのかい？」

「い、いえ、私はそんな」

これ以上は怪しまれると思い、辞去しようとした矢先、男の後ろの隅に置かれた箱から見覚えのある模様が覗いているのが見えた。

黒鳶色《くろとびいろ》の革に網格子の印伝――

「あの、それを見せてもらえませんか？」

「ん？」

ゆっくりと立ち上がって箱を探った男が手にしたのは、紛れもなく伊三郎の巾着だ。

「その甲州印伝の――」

「こ、これを――これをください」

思わず上ずった声で律が言うと、男は僅かに眉をひそめた。

「そいつは困りますなぁ。これはもう先約があるんですよ」

「そんな……」

だがここで父親の形見だと明かせば、己の嘘がばれてしまう。

なんと言ったものか迷っていると男が苦笑を漏らした。

「そんなにお気に入りましたか。それなら先方さんにかけ合ってみましょう。しばし時をいただけますかな？　先方は五日後に残りのお金を払いに来るから、お客さんも五日後にまたおいでなさい。五日後のそうだね、八ツ半に」

「五日後の八ツ半ですね」

「すまないが、こちらも商売なんでね。手付は払ってもらいますよ。先方に諦めてもらえなかったら、その時はちゃんとお返しします。私は店主の徳庵《とくあん》。お客さんの名は？　どこにお住まいで？」

「律と申します」

応えてからしまったと思った。莫迦正直に名乗ることはなかったのだ。

「神田の……岩本町に住んでいます。糸屋の井口屋さんの隣りの長屋で、又兵衛長屋……」

律が言うのを聞きながら、徳庵はさらさらと手付の控えを書きつけた。

手付金として百文を払うと、徳庵はにっこり微笑んで念を押した。

「五日後の八ツ半ですよ」

「はい。必ず参ります。何卒《なにとぞ》よろしくお願いいたします」

交渉が上手くいくように祈りながら、律は堀井屋を後にした。

三

早くに家を出たからまだ九ツの鐘さえ鳴っていない。

ここまで来たのだからと、律は護国寺を詣でることにした。

参道の表店《おもてだな》は賑わっているが、広い境内は思ったより空いている。

第五代将軍・徳川綱吉《つなよし》が母親の桂昌院《けいしょういん》のために建立《こんりゅう》した護国寺は、江戸三十三箇所観音霊場の札所の一つで、出開帳《でかいちょう》は浅草寺、回向院《えこういん》に次いで人気がある。

律は護国寺も十年前に、鬼子母神参りののちに訪ねていた。

護国寺は幕府の祈願寺でもあるが、徳川家も十二代目となり、戦国時代は武家にも庶民にも遠い昔になった。政《まつりごと》にはあまり関心のなかった伊三郎だが、日々絵を描いて暮らせることには感謝していて、律にも天下泰平を祈るようにうながしたものである。

両親を偲びながら、此度も律はこの太平の世が続くよう祈った。

祈願を終えて境内をゆっくり歩いていると、「ひん、ひん！」と、愛らしい声を上げながら、木々を指差している男児がいた。
四、五歳だろうか。松皮菱《まつかわびし》の入った千歳緑《ちとせみどり》の着物といい、切り揃えられた振り分け髪といい、良家の子供なのは間違いない。
男児が指差す方を見やると、低い枝に駒鳥が一羽止まっていた。

瑠璃紺《るりこん》の胸に橙色《だいだいいろ》の頭と尾羽がよく映える。凛とした瞳に黒々とした嘴《くちばし》が勇ましい。

男児の声に応えるごとく、駒鳥も「ヒン、カラカラ……」と馬のいななきに似た鳴き声でさえずった。

矢立を取り出して律は筆先を舐めた。

座り込んで、枝先に止まった駒鳥を紙の左上に描く。それから思いついて、右下に駒鳥に話しかけているかのような男児の横顔を入れてみた。

と、いつの間に近付いて来たのか、絵を覗き込んだ男児が歓声を上げた。

「わあ！　おじょうず！」

「ほんに、お上手ですこと……」と、男児の後ろから女の声もかかる。

丸髷《まるまげ》に打掛《うちかけ》を着た女は明らかに武家の奥方だ。柳色の着物に合わせた夏虫色の打掛は涼やかで品があるし、百合の蒔絵《まきえ》が施された鼈甲《べっこう》の櫛は律にはとても手の届かない高級品である。

慌てて腰を上げて一礼した律に、女は温かい笑みをこぼした。

「邪魔をしましたね」

「いいえ……」

「これはわたしですか？」と、男児が絵の中の横顔を指差す。

「これ、秋彦《あきひこ》」

女が男児をたしなめると同時に、駒鳥が一声鳴いて飛び去った。

「あ！　いっちゃった……」

眉尻を下げて秋彦と呼ばれた男児が唇を嚙む。

その顔があまりにも愛くるしく、律はおずおずと言ってみた。

「よろしければこちらをお持ちください」

「くれるの？」

「つたないものですが――」

「つたないなんてとんでもありません」と、女が応えた。「驚きましたよ。素人の手ではありませんね。あなたは絵師なのですか？」

「私は上絵師です。上絵師なのですが――たまに似面絵を請け負うこともあります」

「にづらえ？」

「人のお顔を描いた絵のことですよ」

秋彦の問いに女が応える。

「これも……？」

訊きながら秋彦が手に取って広げたのは、巾着と一緒に置いていた仇の男の似面絵だ。機会があれば質屋に見せてみようと白紙と共に矢立に巻きつけて持って来たものである。

「この方は――」

「これはその、先日頼まれて描いた尋ね人の似面絵です」

「尋ね人……」

微かに眉根を寄せた女を見て、律ははっとした。

「もしや、ご存じなのですか？」

「心当たりがないこともありません」

女の返答に胸の鼓動が早くなる。

「お、教えてください。お願いいたします！」

「しかし一体どなたがこの方をお探しなのでしょう？」

「それは……」

困った――

女は信頼に値するように思えるが、武家には武家の義理や礼儀があろう。顔見知りかもしれない男が辻斬りだろうなどと、迂闊《うかつ》なことはとても言えない。

「その……」

律が口ごもると、女は秋彦から男の似面絵を取ってじっと見入った。

「わたしのえのほうがよいです」

足元で駒鳥と己が描かれた絵を掲げた秋彦を見て、女はその頭を一撫でした。

「そうですね。秋彦の方には駒鳥もいますからね」

満足げに頷いた秋彦に微笑んでから、女は似面絵を丸めて律に返した。

「この似面絵は番町のとある旗本のご子息に似ています」

「番町の旗本の……！」

息を呑んだ律に顔を近付けて女は声を低める。

「あまりよい噂のない方です。近付かれぬ方がよろしいかと……」

「あのそれはどういう――」

「秋彦、ほら、駒鳥があそこに」

少し離れた木を指差し、駆け出して行く秋彦の背を見つめながら女は続けた。

「お探しの方にもそうお伝えなさいまし。君子危うきに近寄らず……町の方、特にあなたのような娘さんは、けしてかかわってはなりません」

低く、厳しい声であった。

「ははうえー、どこにもおりませんー」

十間ほど先で振り向いた秋彦が女を呼んだ。

「……伴の者を待たせているのでそろそろゆかねばなりません。絵をくださってありがとうございました」

「お待ちください。その方の――どうか、そのご子息の名を教えてくださいませ」

律は必死に頼み込んだが、女は小さく頭を振った。

「ごめんください。――秋彦、もう行きますよ」

秋彦は不満を漏らしたがそれも一瞬で、丸めた絵を律に振ってみせると、女に手を引かれて帰って行った。

旗本の子息――

返された似面絵を広げて男の顔を一睨みした。

死ぬ前におとっつぁんが探っていた男。涼太さんが番町で、四郎さんが牛込の賭場で見かけたこの男こそ――

似面絵を矢立に巻き直して巾着に仕舞うと、律は護国寺を出て猛然と家路を急いだ。

早く帰って先生に相談しよう――

涼太に話すか否かはそれからだ。

これ以上涼太には迷惑をかけたくないと、仇のことを打ち明けた時に今井や保次郎には話してある。それもそうかと二人は頷いてくれたが、全てを隠し通すことはできない。

幸いという訳ではないが、仇についてはここしばらく保次郎から何も聞いていないし、涼太は涼太で忙しくしているようだ。

――あの子は近頃どうも様子がおかしいのです――

佐和の言葉が思い出された。

もう半月も涼太さんの顔を見ていない……

それは涼太の都合ではなく、長谷川町での仕事のために己が朝から晩まで留守にしていたからなのだが、こんなことはかつてなかったと、今更ながら律は思った。

護国寺の参道を戻る間に九ツの鐘がなった。そのまま江戸川沿いを進んだが、石切橋では思わず足が止まった。

対岸から、伊三郎が見つかったと言われた場所を見つめる。

証文がでたらめだったため、根付を売った者の正体は判らぬままだ。

単なる物取りならすぐにでもどこか遠くの質屋に売り払っただろう。とすると金は二の次で、ほとぼりが冷めるまで根付や巾着を手元に残していたのではなかろうか。

もしも仇がおとっつぁんに気付いていて、返り討ちにしようと狙っていたのなら……

対岸から目をそらして律は再び歩き始めた。

川沿いを黙々と歩き、湯島が近くなってきたところで流石に少し空腹を覚えた。

――そうだ。土産と茶請けを兼ねて、こい屋の茶饅頭を買って帰ろう。

思いついて律は道を左に折れて、妻恋町《つまごいちょう》へ足を向けた。

こい屋のお茶を一杯、黙って念じながら飲み干すと、想いが通じる――

そんな噂で人気のこい屋の縁台には今日も女たちが鈴なりだ。

饅頭を買うだけならさほど待たずに済むだろうと思ったのも束の間、縁台の横に立っている男に気付いて律はとっさに顔を伏せた。

遠目でも律にはそれと判る佇まいの男は、涼太に違いなかった。

四

近くの店に身を寄せ、おそるおそる顔を上げたが涼太が律に気付いた様子はない。

青陽堂のお仕着せを着て前掛けをかけているものの、茶碗を手にした姿にはそこはかとない若旦那の貫録があり、律ほどの欲目がなくても実に粋だ。

すぐ隣りの縁台に腰かけて茶を飲んでいた女がちらりと上目使いに涼太を盗み見て、律は更にはっとした。

綾乃であった。

綾乃の目に気付いたのか涼太は何か話しかけたが、綾乃は茶碗を口にしたままうつむいた。

踵《きびす》を返し、律は今来たばかりの道を引き返した。

何かが絡んだように喉がつまり、咳き込んでもいないのに視界が滲む。

御成街道を突っ切って、まっすぐ長屋まで戻って来た。

土間に飛び込んで引き戸を閉めると、隣りから今井が呼んだ。

「お律？　何ごとだい？」

「ああ、すみません――喉が、渇いて……」

「ならいいんだが、よかったら一服しないか？」

「ええ。少々お待ちを」

水瓶《みずがめ》のぬるい水で喉を湿らせ、よそ行きの帯を解いた。普段着に着替えても胸苦しさは変わらぬままだ。

今井宅に行くと、今井は既に茶の支度を終えていた。

「いいところへ帰って来た。ちょうど茶を淹れようとしていたんだ。涼太は今日は出かけているようだからね」

「涼太さんは……」

こい屋で綾乃さんとお茶を――

「得意先回りで忙しいらしい。近頃は二日おきにしか顔を出していないよ。お律が留守にしていたせいかもしれないがね」

そう今井はからかったが、律は「そんなことありません」と言うだけで精一杯だった。

「お律は今日はどこへ出かけてたんだい？」

「今日は……堀井屋に行ってみました」

律が応えると、今井は微かに眉をひそめた。

「私にも何か探れないかと思って……」

「それで収穫はあったのかい？」

「ええ、おとっつぁんの巾着を見つけたんです」

「伊三郎さんの巾着？」

店での話を大まかに話すと、今井の顔が更に険しくなる。

「お律。気持ちは判らぬでもないが、巾着のことは性急で軽率だぞ。堀井屋に怪しまれたら広瀬さんや火盗の労苦が水泡《すいほう》に帰すやもしれぬではないか」

「すみません」と、律は素直に頭を下げた。

自分でも急ぎ過ぎたと反省していた。

「その、おとっつぁんの巾着が人手に渡ったら困ると思ってつい……現にもう手付を置いて行った人がいるって――」

「五日後の八ツ半か。私が同行してもいいが、それこそ堀井屋に怪しまれるかもな」

「とんでもない先生。一人で平気です。余計なことは一切言いませんから」

「しかしなぁ……巾着を受け取ったらすぐに帰るのだぞ。万が一、巾着を他の客に売ると言われても食い下がってはならぬ」

「はい。怪しまれないよう、すぐに帰ります」

「それならよいのだがくれぐれも気を付けるのだよ」

巾着のことだけでなく、護国寺で出会った親子のこと——特に母親が仇の顔を見知っていたことを話そうと勢い込んで帰って来た律だったが、今井の様子を見て思いとどまった。

今井が言うように堀井屋では軽率だったし、考えてみれば、仇が侍だということは既に予想していたことである。名前も聞けなかった以上、あえて知らせずともよいだろう。

「お律？　他にも何か？」

今井に問われてどきりとした。

「いいえ、そんな大したことじゃ……」

「そうかい？　先ほどの様子じゃ随分大ごとに思えたが」

「それは、そのぅ……」

やっぱり先生はお見通し——

仕方なく律は小声で今井に告げた。

「そのぅ、帰り道に見たんです」

「見たって何を？」

「こい屋に涼太さんと……綾乃さんがいるところ……」

うつむいた律に今井も言葉に迷っているようだ。

「先生と慶太にお土産を買おうと思って——こい屋のお饅頭を——それでこい屋に」

言い繕う律に、今井は微苦笑を漏らした。

「それはお律、得意先をもてなすのも仕事のうちさ」

「でもこい屋は」

「こい屋は茶も茶饅頭も評判がいいし、特に女子《おなご》たちには人気じゃないか。綾乃さんは浅草住まいだから、妻恋町まで行くことなぞ滅多になかろう。道をよく知っている涼太に案内でも頼んだんじゃないのかね。私も一度、恵明の知り合いに詳しく場所を訊かれたよ」

今井の気遣いはありがたいが、あまり慰めにはならなかった。

「饅頭はないが、これをお食べ」と、今井が出したのは金平糖《こんぺいとう》だ。

糖花とも呼ばれるそれは、白く小さく愛らしい。

金平糖を含みながら昼餉を食べていないことを思い出したが、いまや空腹はすっかり失せて、せっかくの金平糖も味気ない。

茶を飲み終えると、律は早々に暇を告げて自分の家に戻った。

五

律と二人で茶を飲んだ次の日の夕刻、今井は佐和の許しを得て涼太を連れ出した。

涼太は届け物へ、律は池見屋へとそれぞれ留守にしていたため、八ツ過ぎの茶を今井は今日は保次郎と飲んだ。

「昼間、広瀬さんと話していたんだが、ちょいと相談したいことがある。陽気もいいから外で一杯といこう」

「そいつぁ構いませんが……」

相生町から七町ほど北にある新黒門町《しんくろもんちょう》の居酒屋の暖簾をくぐる。笹屋《ささや》という名で、やや値が張る分騒々しくない。料亭ほどではないが、座敷は衝立で仕切られているから密談もしやすかった。

「いい店ですね」

「恵明の行きつけでね。時々ここで飲むのさ」

「茶屋はともかく、酒屋は俺はさっぱりで」

「女気《おんなけ》のあるところでしか飲まないからだろう」

「そりゃあ先生、俺にも付き合いってもんがありますよ」

そう言いながらも涼太は慣れた手つきで酌をした。茶人の父親・清次郎の伴をすることもある涼太だ。茶の作法だけでなく、酒の席での振る舞いもしっかり仕込まれているとみた。

今井が杯に口をつけるのを見てから、涼太も杯を上げた。

「そういえば、涼太とさしで飲むのは初めてか」

「そういやそうですね」と、涼太が笑みをこぼす。

十二歳で涼太は家業を手伝い始めた。それまで手代が届けていた茶は涼太が代わりに持って来るようになったが、今のような「一休み」を許されたのは十五歳になってからである。長屋や町の祝いごとで飲むことはあるのだが、これも佐和の躾かせいぜい一、二杯までで悪酔いしたところは見たことがない。

「大きくなったもんだ」

「よしてくださいよ」

七歳で指南所に入ってきた時は四尺もなかったというのに、目の前にいるのは六尺近い屈強な若者である。大きくなって滅多に会わなくなった筆子と違い、涼太はほぼ毎日目にしているためその成長に気付きにくい。

――お律もそうだな。

もう金平糖ごときで誤魔化せるような年ではなかった――

昨日の律を思い出して今井がつい苦笑を漏らすと、不満げに涼太が言った。

「先生、俺ももう二十三なんでさ。いつまでも子供じゃありやせんや」

「うむ、そうだな。お律も――」

「お律がどうかしたんで？」

即座に問い返した涼太が可笑しかったが、そこはぐっとこらえて今井は真顔で応えた。

「実は昨日……」

律が質屋の堀井屋まで行ったことを告げると、案の定、涼太の顔がみるみる険しくなる。

「あいつ――なんだってそう余計なことを……」

「そう言うな。お律はお律なりに仇を探ろうと懸命なのだ」

「それにしたって女が首を突っ込むことじゃあねぇや」

「これ涼太。確かに女子は荒事《あらごと》には向かないが、そのようなことは間違ってもお律の――いや、お香や女将さんの前では言うではないぞ」

冗談交じりにたしなめると、涼太は小さく溜息をついた。

「判ってまさぁ……あの二人のことは、先生より俺の方がずっとよく知ってまさ」

「それもそうか」

「それより先生、堀井屋にお律一人で行かせるのは不安です」

「そうなんだ。だから明日、広瀬さんから女将に頼んでもらうつもりだ。三日後にちとお上の御用でお前を借りると」

「流石先生、話が早い」

「私は涼太の勘を信じているよ。堀井屋の主――徳庵とかいったな。徳庵が伊三郎さんの死にかかわっているかは判らぬが、少なくとも根付や巾着が後ろ暗いものであることは知っているのだろう。とすると、お律を通じて逆にこちらを探ってくることもある。四日後は私も同行しよう。お前は徳庵に面が割れておるからな。もしもの時は私が店を訪ねるさ」

「じゃあ俺は道案内ですか？」

「道案内兼用心棒だ。堀井屋にはやくざ者が出入りしていると言ったのは涼太じゃないか」

勝手なことをしているのは涼太も同じであった。律は涼太を巻き込むまいと今井や保次郎に助力を頼んできたのだが、涼太は涼太でなんとしてでも律の役に立ちたいと、近頃は暇があれば一人で探索に出ているのである。

客を装って堀井屋にも既に三度出向いていて、やくざ者と思しき男が出入りしているのを目撃していた。一度後をつけようと試みたこともあったが、すぐにまかれてしまったという。

「いっちゃあなんだが、私は喧嘩の腕はからきしなんだ。何かあったらお律を守るのはお前の役目さ。お律もお律だが、お前もほどほどにしておくのだぞ。餅は餅屋だ。堀井屋は火盗や広瀬さんに任せておくがいい。此度のことは広瀬さんにも話してあるが、私たちはあくまでお律の無事を見守るだけだ。何ごともなければいいが、堀井屋が時を定めてきたのがどうも私には引っかかる。手付を置いた客が五日後の八ツ半までに来るというなら『八ツ半過ぎ』か『六日後』でもいい筈だ。何ゆえきっちり八ツ半と言ってきたのか」

「お律の後をつけさせるつもりじゃねぇでしょうか？」

「うむ。もしくは誰かに面通しさせるつもりやも」

「なるほど」

「だから用心に越したことはない。怪しいやつがいたとしても、二人いればなんとかなるだろう。まあ、巾着が戻ればお律もそう無茶はすまい」

「そう願いますがね……ところで昨日、番町へ届け物へ出た帰りに牛込に寄ったんですがね、豊次ってやつが出入りしている賭場が判るかもしれません」

賭場の方は保次郎の朋輩《ほうばい》の御用聞きが探っているのだが、四郎の行きつけだったという賭場ではいまだ豊次らしき男は見つかっていなかった。

「どういうことなんだ、涼太？」

「茶屋で――といっても色茶屋のような胡散臭《うさんくさ》いところですが――ちらりと『豊次さんはこのところついてねぇ』というようなことを耳にしまして。二人連れの男だったんですが、それとなく賭場に興味があるふりをして話しかけたら、いい鴨《かも》だと思ったのか、そのうち教えてやると、七日後にまた同じ茶屋で会うことになりました」

「ならん！　涼太、それはならんぞ」

思わず声が高くなった。

「案ずるには及びませんや。場所が判ったらちょいと出入りしてみて、豊次ってやつを確かめたらすぐに広瀬さんに知らせますから。俺は賭け事はよく知らねぇからおそらく負けるでしょうが、その分相手を油断させることができやす」

「ならぬ……」

絞り出すように繰り返すと、流石に涼太も黙った。

しばし躊躇ったのち、今井は静かに口を開いた。

「……私の兄は博打で身を滅ぼした」

「先生の？」

「その身だけではない。私の家は兄の愚行がもとで取り潰された。兄は博打にはまり、その借金を払うために家財を売り飛ばした。それだけでは飽き足らず、金蔵番《かねぐらばん》だった友をそそのかし、藩の金を盗もうとしたのが発覚して取り潰しの沙汰を受けたのだ」

「先生はご浪人だとお聞きしていましたが、そんな事情が……？」

「うむ。家が取り潰しになったのち、兄と母が相次いで亡くなったので、私は江戸に出ることにしたのだ」

江戸に出てみると士分《しぶん》に固執しているのが莫迦らしくなった。唯一残っていた脇差しを売り払うために入った質屋の紹介で両替商で働くようになり、今井の働きぶりを気に入った両替商が、学問好きの今井のために指南所の師匠となれるよう尽力してくれて今がある。

「家の不名誉ゆえ委細《いさい》は省くが……涼太、お前には賭場に近付いて欲しくない。兄が博徒《ばくと》となったのは兄自身の責だ。お前には兄にはなかった強さがあるが、同時に兄よりも裕福で守るものを多く持つ。お前がいくら気を付けていても、世の中には人の僅かな隙をついて私利私欲を満たそうとする悪者がいる。そういった者たちは常に賭場のような日の当たらぬところで新しい獲物を探しているのだよ。花街で遊ぶのとは訳が違う。花街ならまだお上の目があるが、賭場はそうはいかぬ。博打はご法度《はっと》だぞ」

真剣さが伝わったのか、涼太は神妙に頷いた。

「――判りました、先生。賭場のことはお奉行所に任せます」

「ありがとう、涼太」

「礼を言われるようなことじゃあありやせんや」

くすりと笑って涼太は今井の杯に酒を注いだ。

博徒と出会った茶屋には保次郎の朋輩の御用聞きに出向いてもらうことにして、話を変えるためにも今井は言った。

「それはさておき、色茶屋にこい屋と昨日は随分忙しかったのだな？」

「こい屋？　先生どうしてそれを？」

「護国寺からの帰り道で見かけたと、お律が言っていた。尾上の娘さんと一緒だったそうだな。邪魔をしては悪いと思い、お律は寄らずに戻ってそうだ。おかげで私はこい屋の饅頭を食べ損ねた」

「邪魔なんて——あれは尾上の紹介で綾乃さんが案内してくれた店の娘が、一度こい屋に行きたいってんで」

つまり綾乃の隣りにもう一人、同行していた娘がいたというのである。

お律には、涼太と綾乃さんしか目に入らなかったのだろうな……

心乱して帰って来た律には悪いが、涼太が律一筋なのは今井には火を見るより明らかだ。

もう幼子ではないのだからと普段は口出しを控えている今井だが、生《き》真面目ゆえにすれ違ってばかりの二人を時々からかいたくなることがある。

「それにしてもお前と綾乃さんは近頃、随分親しくしているようじゃないか」

「そんなこたありません。俺にそんな暇がないのは先生がよくご存じじゃないですか」

「だがほら、先だってお律と円通寺に出かけた帰りも——」

ふと思い出して今井は鎌をかけてみた。

「あれは」と、思った以上に涼太が慌てる。「あれは——ほんとにたまたまなんで」

「ほう」

「綾乃さんは明神さまからの帰りで、道が少しぬかるんでたから鼻緒が飛んじまって……」

「なるほど」

「だから近くの草履屋に連れてって……まあ成り行きで浅草まで送ったまでで」

「ほほう。そんなことがあったとはな。私の勘も捨てたもんじゃない」

にやにやしながら言うと、ようやく涼太も気付いたようだ。

「ひでぇや、先生。鎌かけましたね」

「うむ。しかしお前がちゃんと釈明せぬから、あらぬ誤解を招くのだぞ」

「釈明も何も、やましいことは一つもありやせん」

「ほう？　だとしたら涼太、こい屋はちと思わせぶりではないか？」

「思わせぶり？　だから俺にはその気はないと――」

「お前になくとも綾乃さんにはあるんじゃないのかい？　お前もこい屋のあの噂を聞いておろう？」

「あの噂とは？　こい屋のあの柚子風味の茶饅頭は女たちに人気だそうですが、他にも何かあるんで？　実はこい屋に行ったのは睦月《むつき》に先生とお律を案内して以来でして……」

「呆れたな涼太、本当に知らんのか？」

「だから何をです？」

「こい屋のお茶を一杯、黙って念じながら飲み干すと、想いが通じる――」

「通じるってぇのは？」

「愛しの君にさ」

くすりと笑うと、涼太の顔がすぅっと青ざめた。

「まさか、そんな」

「まあ、ただのまじないだがね」

「莫迦莫迦しい」

「だが綾乃さんは信じているんじゃないのかね。お香やお律も……」

「お律も？」

目を剥いた涼太に噴き出しそうになったが、わざと重々しく今井は頷いた。

「迂闊だったな、涼太。そんなことでは大店の主は務まらぬぞ。主たる者、政や時勢《じせい》と共に世事《せじ》にも通じておらねばならぬ。莫迦莫迦しいとお前は言うが、現にこい屋は連日繁盛しておるではないか。他愛《たわい》ないまじないとて莫迦にはできぬ」

そういう今井も、香と律のおしゃべりを聞かなければ、まじないのことなど今日に至るまで知らぬままだったろう。恋のまじないは押し並べて女たちによって編み出され、男たちには秘密裏に行われるものだ。

だがそれを涼太に明かすことはない。

「だからお律は誤解して……」と、涼太はうなだれた。

「うむ」

「迂闊でした……」

我ながら意地が悪いな——

内心苦笑しつつ、今井はそっと涼太の杯に酒を注いだ。

六

桔梗の巾着絵の下描きを三枚選び抜いて、律は昼過ぎに青陽堂を訪ねた。

おそるおそる店を見渡して、涼太の姿が見えないことにほっとする。

佐和は客の相手をしていたが、すぐに律に気付いて近くの手代を呼んだ。しばし待つよう手代に言われて、所在なげに店の隅に立っていると、ほどなくして見送りを終えた佐和が近付いて来た。

「お待たせしてすみません」

「こちらこそお忙しいところすみません。下描きをお持ちしましたので、どれがお好みかご友人にお尋ねいただけますか？」

「判りました。お茶を差し上げたいところですが、ご覧のように今日は立て込んでおりますのでご容赦ください」

「どうかお構いなく……」

そそくさと長屋へ足を向けると、木戸の陰から香が現れて悲鳴を上げそうになる。

「香ちゃん、どうしてここに？」

「だって、りっちゃんはついさっきうちに行ったって先生が言うから、店に行こうかどうか迷ってたのよ」

どうやら香は律と入れ違いに長屋を訪ねて来たらしい。

「お茶を買いに行ったの？」

「ううん、下描きを届けに行ったのよ」

佐和から友人の巾着を頼まれたことを告げると、香はぱっと顔を輝かせた。

「母さまのご友人なら金に糸目はつけないだろうから、紫色をばんばん使っていいわ。腕によりをかけてすごいのを描いてちょうだい！」

香に言われずとも最上のものを渡せるよう努力するつもりだが、香の張り切りように律も弾んだ気持ちになる。

「紹介してくれた女将さんの顔を潰さないようにするわ」

「ええ。そしたら母さまも……」

ふふふ、と香が忍び笑いを漏らしたところへ、「ごめんくだされ」と袴《はかま》を穿いた初老の男が現れた。

「大倉与五郎《おおくらよごろう》と申します。我が殿、本田左衛門尉《ほんださえもんのじょう》の遣いで参りました」

頭も下げずに堂々としているが、言葉は丁寧で威圧的ではない。

「面《おもて》を」と、穏やかな声で言われて、思わずひれ伏した律と香は顔を上げた。

「上絵師のお律さんはどちらでしょうかな？」

「わ、私です」

「先日、護国寺で駒鳥と男児の絵をお描きになった？」

「あ……はい」

「この絵で間違いないですな？」

男が懐から出して広げたのは、間違いなく律の手によるものだ。

「はい。間違いありません……」

認めたものの、武家の子息を描いたことで何か罪に問われるのかと律はおののいた。

「それでは、ごめん」と、大倉は草履を脱いであがりがまちで膝を折った。

「あ、あの」

「殿が似面絵を所望しております。よって三日後の夕刻、当家までご足労願いたいのだが」

「似面絵を？」

頷いた大倉が言うには、あの日、秋彦は似面絵を大層喜んで、帰宅した父親に護国寺での出会いを報告した。本田も似面絵の出来が気に入って、改めて妻子の絵を律に描いてもらおうということになったらしい。

「恐れ多いことでございますが、あの、似面絵なら私よりもずっと腕のある絵師が山ほどおります」

律は墨一色の似面絵しか描いたことがなく、武家の妻子を描くなら美人画などで著名な絵師が江戸にはいくらでもいる。

「掛け軸や絵巻を描かせようというのではないのです。聞けばお律さんは、南町奉行所から頼みにされている似面絵師だとか。紙や墨はこちらで用意いたすゆえ、この絵もついでに描き直してもらえぬでしょうかな？」

秋彦が屋敷中の者に見せて回ったという似面絵は既にくしゃくしゃになっていた。律の名を訊いておけばよかったと妻は悔やんだそうだが、本田はどこかで律の噂を聞いていたらしく、昨日、南町奉行所に確かめたという。

そこまでして頼んでくれるのも嬉しいが、上手くいけば例の旗本の子息――仇のことを訊くことができるのではないかと律は期待した。

「謹んでお受けいたします」

「では主の帰宅が七ツ頃ゆえ、八ツ半を過ぎた頃にこちらに駕籠を寄越します」

それなら堀井屋に行った後でも充分間に合うと思い、用事があることを打ち明けて、七ツに牛込御門に迎えに来てもらうことにした。帰りも駕籠で送ってくれるというから安心だ。

大倉が辞去したのち、律と香は揃って息を吐き出した。

「ああ驚いた」と香。

「私もよ」

「でもすごいわ、りっちゃん。お武家の間でも名が知れているなんて、流石、お上御用達の似面絵師ね」

「よしてよ、香ちゃん……」

お茶の時間には早いが、佐和に下描きを渡したことで仕事は一段落していた。香に誘われるままに律は夏日の町へ出たが、どこかで涼太を避けようとしていたのかもしれない。

綾乃と一緒のところを見たとは言えないし、何食わぬ顔で会うのもつらい。涼太への恋は思い切ったつもりでも、こい屋での二人を思い出す度に胸が締め付けられるのだ。

昨日は池見屋に行って留守にしていたが、今日はどうしようかと悩んでいたところであった。いつまでも避けていられないのは判っているが、心を落ち着けるために今少しの猶予が欲しい。

和泉橋を渡ると斜めに元乗物町の方へ向かい、十軒店《じっけんだな》から日本橋へとゆっくりと歩いた。一人ではひやかしにくい店も、香と一緒ならじっくり見ることができる。律に遠慮してか香もよほど気に入ったものでなければ買いはしないが、二人であれこれ品定めするのは楽しかった。

今日の律の簪は菊を模した銀の平打ちで、生前にもらっていたとはいえ母親の美和が使っていたものだから形見ともいえる。菊の季節にはまだ早いが、花びらの部分が透かしになっているため涼やかさはあった。牡丹鼠《ぼたんねず》の絽の着物に藍鉄《あいてつ》の帯と、律にしては精一杯着飾ってきたのだが、古着ゆえの野暮ったさは否《いな》めない。

律も女子の端くれだ。呉服屋や小間物屋ではどうしても物欲が湧いてくるものの、慶太郎を思い浮かべてぐっと我慢した。

慶太郎は三月《みつき》後に奉公に出ることになっていた。

既に今井と共に律は一石屋へ挨拶に行っており、奉公人の一人の婿入りが決まった神無月《かんなづき》から奉公させることにしたのである。

一石屋は長屋から二町ほどしか離れておらず、大店でもない。店がお仕着せを用意してくれるというから見栄《みえ》を張る必要はこれっぽちもないのだが、今は使える金は全て慶太郎の支度に使いたかった。

「この簪はどうかしら？」

香が手にしているのは黒漆《くろうるし》に金色の紅葉の葉が描かれている塗り簪だ。簡素な意匠にもかかわらず、一糸乱れのない筆が潔く、閑寂《かんじゃく》さが感ぜられる。

「いいけど……女将さんへの贈り物？」

「嫌ぁだ！」と、香が口を尖らせた。「私が使おうかと思ってたのに——そんなに年寄り臭いかしら？」

年寄り臭いというよりも、香ちゃんには早過ぎる——

律が応える前に、ひょいと横から男が声をかけてきた。

「これはこれで粋だが、あと十年は待った方がいいね」

片笑窪《かたえくぼ》を見せて笑った男は、粋人《すいじん》として名が知れている雪永であった。

「雪永《せつえい》さん」

「良い日和《ひより》ですな、お律さん。今日はご友人と買い物かね？」

「ええ。こちらは銀座町の伏野屋のおかみさんで、お香さんです」

「雪永と申します。伏野屋のおかみさんとはお見それしました。お律さんと同じくまだまだお若い方だと思い、つい……」

「お律さんとは幼馴染みで親友なんです」

「なら、やはりこれはおかみさんには早過ぎる。お律さんが言うように、ご母堂《ぼどう》への贈り物にしてはどうかね？」

「私には貫録が足りないと仰りたいのですか？」

「そんなことは一言も申していないが、おかみさんにはもっと華やかな簪がお似合いだ。旦那さんもおかみさんに貫録なんて求めちゃいないでしょう。少なくとも今はね」

茶目っ気たっぷりの雪永に、香はむっとした顔を引っ込めた。

「母さまへの贈り物……ううーん、そうすると峰さまにも何か買わないと――」

姑を差し置いて、実母だけに贈り物をするのはまずいようである。

他の商品を見ながら悩みだした香をよそに、雪永が訊いた。

「ところでお律さん、基二郎とはあれからいかがかな？」

顔は上げなかったが香がぴくりと耳を澄ませたのが律には判った。

「いかがも何も――基二郎さんには、一度お礼に伺ったきりお会いしていません」

「お礼とは？」

「その……あの日分けていただいた染料がすごく良くて――おかげさまで仕事の評判も上々でして、そのお礼を兼ねてご挨拶に……」

「ほう。それは行き届いていて感心だ。基二郎も喜んだことだろうね」

「それはどうでしょう……？」

「基二郎は近頃、反物にも手を出していてね」

「ああ、それは行った時に伺いました。ご自分で染めたという舛花色《ますはないろ》の単衣《ひとえ》を着ていて」

「そうなんだ。あれはいい色だったねぇ」

「ええ、とても」

「お律さんの絵も見たよ」

「え？」

「十日ばかり前だったかな。久しぶりに池見屋に顔を出したんだ」

「池見屋をご存じでしたか」

「もちろんだ。お類さんとは古い知己《ちき》でね。基二郎の染めた反物を池見屋に置いてもらえないか伺いに行ったのだよ。そこで井口屋で会った女上絵師――つまりお律さんの話もしたら、お類さんがお律さんの描いた絵を見せてくれたんだ。お律さんが池見屋に絵を納めていたとは知らなかったから驚いた。いい出来だったよ。今は巾着だけらしいが、そのうち着物も描けるといいね」

「はい」

お世辞半分だとしても、雪永のような粋人に褒められると悪い気はしない。

香は結局黒漆の簪一本だけを包んでもらい、律たちは雪永に挨拶をして店を出た。

喉が渇いたと香が言うので、通りに出ていた茶屋の縁台に腰かけたが、茶を飲みながら香はむすっと黙り込んだままだ。

「お峰さんへの贈り物なら、この先にもまだ小間物屋はあるから――」

「峰さまのことじゃあないわ。基二郎さんのことよ」

「基二郎さんのこと？」

とぼけてみたが無駄だったようだ。

「りっちゃん、基二郎さんに気があるの？」

ずばり香が訊いてきた。

「まさか」

「だってそんな風に聞こえたわ」

「そんな……基二郎さんのことは、染料を扱う職人として尊敬しているだけよ」

「ねぇ、慶ちゃんが奉公に行くから寂しくなるのは判るけど、お願いだから早まらないで」

「早まるって……」

「お兄ちゃんは二十五までには、ううん、もしかしたらもっと早く店を継ぐわ。そしたらきっとりっちゃんに求婚するから――」

束の間忘れていた、こい屋での光景が再び脳裏をよぎった。

「……そんなことないわ」

「どうしてよ？　やっぱりりっちゃんは基二郎さんのことが――」

「香ちゃん、いい加減にしてちょうだい！」

大声ではないがきつく言い放つと、周りの者がちらりとこちらを窺ったのを感じた。

香ははっとして口をつぐんだが、高ぶった己に律の方も驚いている。

一つ息を吐き出してから、律はできるだけ穏やかに口を開いた。

「私、見たの」

「見たって？」

「涼太さんと綾乃さん、二人でこい屋でお茶を飲んでた。涼太さんは綾乃さんに話しかけたけど、綾乃さんはお茶を飲み干すのに懸命で――お二人、とてもお似合いだったわ」

「そんな――」

「女将さんが言ってたけど、近頃涼太さんは届け物から遅く帰ったり、ご友人との集まりだと出かけたりすることが多くなったそうよ。女将さんは一人前になるまでは嫁取りを控えるように涼太さんに言っているそうね。だから涼太さんは、女将さんの目を盗んで綾乃さんと会っているのではないかしら」

「そんな――そんなのって……」

往来で泣くまいとうつむいて唇を噛んだ香の肩に、律はそっと触れた。

「だからね香ちゃん、この話はもうおしまい。ごめんね、つい声高《こわだか》になっちゃって」

ごめんんね。

香ちゃんが思い描いていたような「姉妹」にはなれなくて――

七

岩井茶色《いわいちゃいろ》の格子絽《こうしろ》に蒸栗色《むしくりいろ》の帯を締めて、九ツ過ぎに律は家を出た。

母親の形見があるとはいえよそ行きの着物は限られている。着物は以前涼太と千住に出かけた時と同じ物だが、頭には鞠の絵の塗り簪ではなく、先日香と出かけた時に使った菊の平打ちを挿してみた。

抱えた籠巾着の中には、愛用の矢立の他、いくつか違う筆を入れた筆巻きとたすき、そして仇の似面絵が入っている。念のため一分《いちぶ》も入れた財布は懐に仕舞った。

「行って来ます。巾着が買えても買えなくても、店に長居はしませんから……」

「うむ。気を付けて行くのだよ」

そう言う今井も、指南所から帰って来たばかりだというのにまた出かけるようだ。

「先生もお出かけですか？」

「ああ。ちょいと日本橋の本屋へ行ってみようと思っていてね」

木戸を出て、青陽堂の横を通りながらちらりと目をやったが涼太の姿は見えなかった。

届け物かしら。

それともまた――

この二日間も律が涼太と顔を合わせることはなく、いつも通りに振る舞おうと心構えしていた律はなんとなく拍子抜けしていた。

最後に涼太とゆっくり話したのはいつだったろうと思い返してみる。

川開きの時は律は長屋のみんなと、涼太は店の者たちと一緒だったため、今井宅のように落ち着いて話せず、花火見物を終えた帰り道に二言三言話しただけであった。

川開きが終わってから二度、今井宅で一緒に茶を飲んだが、どちらも涼太は半刻《とき》といなかったし、それももう二十日以上も前のことだ。

綾乃が青陽堂に嫁入りすれば、今井宅での「一休み」にも涼太と共に顔を出すような気がした。とすると律は遠慮したいが、律は居職で今井とは隣り同士だ。変に遠慮するとかえって不自然である。

——慶太郎が奉公に出る時に、私も長屋を出ようかしら?

今の家は間口二間に奥行三間で、もとは家族四人で住んでいた。慶太郎と二人だけでも広過ぎると思うのだから、この際引っ越すというのも一案である。又兵衛長屋には今のところ九尺二間に空きがないから、引っ越すとしたら別の長屋になるだろう。

慶太郎の友達がいる二軒隣りの——ううん、いっそ川南の——

川南でふと井口屋、そして基二郎が思い浮かんだ。

基二郎に嫁ぐつもりはないのだが、神無月からは一人なのかと思うとどうも心細い。

春先には仇討ちを考えて嫁入りなぞとんでもないと思ったものだが、いざ仇のことを今井や保次郎に打ち明けてみると、二人とも真面目に受け止めてくれた。伊三郎の友人のように「相手が悪いから諦めろ」という代わりに「侍なら尚更許せぬ」と言ってくれたのである。

いざとなればこの手で——

そう思い詰めていた律だったが、協力的な二人の意思を知って心にゆとりが戻ってきていた。また、片手間でも保次郎の朋輩や火盗が動いてくれているのがありがたい。

だからといって仇の探索を奉行所に任せきりにするのは気が引けて、律なりに探ろうとしていたのだが、堀井屋を訪ねたのは短慮だったと今井と話してから気付いた。

世間的には「年増」で「大人」の律だが、まだ二十二歳である。今井たちに比べれば世間知らずもいいところだし、何もかも一人で背負い込めるほどの器はない。そのことを思い知る度に反省を繰り返す日々だった。

私は私にできることを……

今日の己がすべきことは、堀井屋を警戒させぬよう穏便に訪問を済ませることだ。

文月に入ったが暑さはまだ衰えておらず、道々、汗を拭いながら律はゆっくり歩いた。

早めに着いた音羽町で少し時間を潰し、八ツ半の鐘が鳴ってすぐに堀井屋を訪ねた。

「お待ちしておりました」と、にこやかに主の徳庵が律を迎えた。

「お約束通り参りました。あの――」

「巾着ですな。いやはや随分渋られましたが、ほらこの通り、まだありますよ」

「まあ、よかった！」

ほっとして律は胸を撫で下ろした。駄目なら仕方ないと思いつつ来たが、父親の形見が戻ると思うと喜びを隠せない。

「ただし先方がかなり値を吊り上げてきましてな。二朱までは出すと言っておるのです。ですから二朱と先日の手付でいかがでしょう？」

「二朱」

先日言われた値の倍である。一朱でも使い込まれた巾着には高いと思っていた律には驚きだが、そういうこともありうると今井から一分持って行くように言われていた。今井の慧眼《けいがん》に感心しつつ、「判りました」と律は素直に頷いた。

「そこまで惚れ込んでいらしたとは……愛着のある方に買っていただく方がこちらとしても嬉しいものです。今、お包みしましょう」

巾着を丁寧に丸めて紙に包みながら、徳庵は続けた。

「お律さんは、今日はこれから護国寺参りですか？」

「いえ、今日は」

「それともすぐに神田にお帰りになるんで？」

「あ、いえ、今日はこれから牛込御門で人と待ち合わせております」

下手に隠すよりは正直に言った方が怪しまれずに済むと思って言った。

「それならちょうどいい。築土明神《つくどみょうじん》の近くまで迎え駕籠をやるところなのです。少し回り道になりますが牛込御門まで送らせましょう。お足は不要です。お代を弾んでもらいましたからな」

「それはどうも……」

徳庵と一緒に店を出ると、見計らったように駕籠が現れた。

四手《よつで》駕籠だが簾《すだれ》には窓がない。吉原など花街に行くにはこのような駕籠が多いらしいが、町ではあまり見かけない。迎えに行くのは質屋に出入りするのを見られては困る者なのだろうと推察しながら、律は駕籠に乗り込んだ。

簾が下されると、徳庵が駕籠舁《か》きたちに言うのが聞こえた。

「牛込御門に先に頼むよ」

外が見えないのが不安な上に、寄り道することになったからか足が速い。酔わぬよう巾着をしっかり抱いて、律は揺られるままに身を任せた。町中を行く方が早いのか、川沿いを離れた気配がしたものの、もともと律には不慣れな道のりだ。方向感覚はすぐに失われた。

町の喧騒が聞こえたのも束の間、そのうち駕籠舁きの足音ばかりになった。

やがて駕籠が止まり門を叩く音がした。

門は門でも、牛込御門は江戸城の外郭門《がいかくもん》で普通の屋敷の門とは全く違う。

間違えて、迎え駕籠を待っているお屋敷に先に来ちゃったのかしら――?

「あの」

簾を上げて律が話しかける間に門が開き、駕籠は屋敷の中に入った。

止まった駕籠から律が慌てて降りると、駕籠舁きらはそのまま無言で門から出て行く。

長屋門だが茅葺《かやぶき》で、屋敷の周りは塀ではなく木々で囲まれている。屋敷も茅葺で、土蔵や納屋があることから農家でも裕福な家らしいと律は踏んだ。

「あの、待ってください」

追いかけようとした律の目の前で一人の男が門を閉め、振り向いて律に頭を下げた。

「お待ちしておりました。さ、こちらへ」と、律を押しやるように玄関へうながす。

「違うんです。誰かとお間違えです」

律が言うと、三十路過ぎと思しき男は力なく応えた。

「間違いではありませんよ、お律さん」

はっとした律に玄関の奥からも声がかかる。

「そうですとも、お律さん。お待ちしておりましたよ」

おそるおそる覗いた玄関の向こうにいたのは、着流しの二十七、八歳の男である。

うりざね顔で右目の上にほくろがある。

あがりがまちの上に立っているから、男の左顎のほくろもすぐに見て取れた。

言葉を失った律に、男はにっこり微笑んだ。

八

「あ、あなたは……！」

絞り出すように言った律へ、男は再び微笑を向けた。

「小林吉之助《こばやしきちのすけ》と申します」

「吉之助さま」と、三十路男がやや慌てたが、吉之助は構わずに続けた。

「お律さん、あなたは私をお探しだったのでは？」

「私は――」

「しかし何やら誤解されている様子。その誤解を解きたくて堀井屋に頼んでおきました。驚かせてすみません。さあ、お上がりください。豊《とよ》、お茶の支度を頼む」

「あの、でも私は」

「そう長くはお引き止めいたしませぬゆえ、どうかこちらへ」

迷ったものの、後ろには豊と呼ばれる男が控えているから逃げ出すのは難しい。

何より、全てが「誤解」というならその詳細が知りたくて、律は草履を脱いで吉之助の後に続いた。

そう大きくない屋敷だが、中はひっそりとしている。

豊は茶の支度に土間の方に姿を消し、律は玄関から中の間に通されたが、どうも落ち着かない。屋敷は農家、吉之助も豊も武士というより町人風の銀杏髷《いちょうまげ》だが、所作からすると二人が武家の出なのは間違いないように思われる。

部屋には文机《ふづくえ》と脇息《きょうそく》の他、木刀が一本壁に立てかけられている。

四郎さんが賭場で見かけた男は仕込み刃入りの木刀を持っていると言っていた――

吉之助は四郎に似ているが、四郎よりは色が白く柔和な印象だ。話し方は保次郎のように穏やかなのだが、袖から覗いた腕は思ったより引き締まっていてちぐはぐな感じがした。

向かい合って座ると、吉之助が切り出した。

「堀井屋から何やら私を探っている者がいると聞きましてね。あの巾着——それから根付を売ったのは私です」

「あなた……さまが？」

「実際に堀井屋へ行ったのは豊ですがね」

今になって徳庵の言った「三十路過ぎの冴えない男」が「豊」だったのだと思い当たった。

ついでに賭場で吉之助らしき男が使っている「豊次」という名も思い出して律は問うた。

「先ほどの豊という方は、もしや豊次さんと仰るのでは……？」

「そうです。豊次郎といって私の腹心です」

ならば名を貸すことがあっても不思議ではない。

「それで……小林さまはどうしてあの根付と巾着を……？」

「それをお話しする前に、少しお訊きしたいことがあります。お律さんは上絵師だそうですね？」

「ええ、でもどうしてそれを？」

「似面絵師でもあるとか？」

「あの」

「堀井屋が見た私の似面絵を描いたのはあなたですか？」

「それは……」

「もしやあなたの父御も上絵師で、伊三郎という名だったのでは？」

だった、と過去形で問われたのが気になった。

にこやかだが矢継ぎ早に問う吉之助から、じわりと滲み出る不気味さを感じた。

「……そうです。父も上絵師でした。あの根付も巾着も、父が持っていたものです。牛込で亡くなった父が身に着けていたものです。だから——」

「なるほど、なるほど……そうではないかと思ったんだ」

吉之助の顔からすっと笑みが消えた。

「あの男も私の似面絵を持っていたからな……」

父親のことだとすぐに判った。

——おとっつぁんはやはり、描き直した似面絵を持っていたんだ。

「親子揃って余計なことをしやがって」

小さく舌打ちした吉之助の変わりように律はおののいた。

柔和な男が一変し、剣呑《けんのん》な目つきで律を睨んでいる。

尋常ではない。

この男が父親を殺したのだと一瞬にして悟った。

ならば私を生きて帰す筈がない——

背筋に冷たいものが走り、律は思わず目を落とした。

部屋の襖は開け放たれたままだ。

あそこまで一間、玄関を抜けて門まで七、八間――

逃げ道を思い浮かべ、一息に立ち上がって駆け出した。

――が、襖戸にたどり着く前に襟足をつかまれ引き倒される。

転がってうめいた律の横腹を吉之助は容赦なく一蹴りした。

「……っ！」

痛みに身体をくの字に曲げた律の横で、吉之助が律の籠巾着を探った。

似面絵を見つけ出すと、もう一度、今度は大きな舌打ちを漏らした。

木刀をつかんで吉之助は律を見下ろした。

「この似面絵と定廻りが持っていた似面絵は同じものか？」

「い、いえ……」

「では一体何枚あるのだ？　他には誰が持っている？」

伊三郎が描いた元絵の他、四郎の顔に左顎のほくろを足した似面絵を、自分と涼太、保次郎、今井の分と、律は四枚描いていた。だがそれを告げれば涼太や今井を危険にさらす。

「……その二枚だけです……定廻りの旦那さまのと、私の……」

吉之助が木刀で律を打った。

手加減されていたようだが、骨が砕けたのではないかと思うほど打たれた肩が痛んだ。

「嘘を言うな！」

「嘘じゃ……ありません……」

痛みをこらえて律は必死に身体を起こした。

殺される、と思った。

それならせめて、ほんとのことを知ってから死にたい――

吉之助を見上げて精一杯睨みつける。

「父を殺したんですね？」

「そうとも」

にやりとして吉之助は振り上げていた刀を一旦下ろした。

「似面絵を片手に私のことを探っている男がいると、注進してくれた者がいたんだ。豊に探らせたら、一介の絵師だというじゃないか」

伊三郎は詳しい事情は明かさなかったが、味方のふりをして近付いた豊次郎が「心当たりがある」と持ちかけるとあっさり騙され、あの日の六ツに豊次郎が呼び出した石切橋に現れた。「人気のないあちらで話そう」と言った豊次郎に誘われるままに橋を離れて、伊三郎は吉之助の待っていた武家屋敷の裏まで歩いて来たという。

「何かの間違いじゃないかと説いたんだがな。お前の父親は聞く耳を持たなかった。どうやら私はあの男の妻――お前の母親を斬ったらしいね。絵師の分際で私に復讐しようなんて思い上がりも甚《はなは》だしい。隙をついてちょいと締め上げたら気を失ったから、そのまま川に落としてやったんだが、巾着と根付を惜しんだのはまずかったようだな。いずれ良い値で売れそうだと思ってつい欲が出た」

すらすらと話す吉之助からは罪悪感が微塵《みじん》も感ぜられない。

「あなたは……」

怒りにかられながらも律は問うた。

「どうやら、ってどういうことですか？　あなたは六年前に母も――」

「そうなんだ」と、吉之助はふんと鼻を鳴らして言った。「あの男に言われた時はぴんとこなくて、本当に誤解じゃないかと思ったんだが、後から豊に言われて思い出した。そういや昔、気晴らしに行った王子で、女を一人斬ったことがあったとね。何かいい獲物がないかと思っていたところへ、提灯《ちょうちん》提《さ》げて一人でやって来たのさ。大年増とはいえ不用心にもほどがある。陽のあるうちに帰っていれば私の手にかかることもなかったのにな」

あまりのことに口が利けなくなった。

「あの時は後から来たやつらが騒ぎ出したんで仕方なく逃げたが、そうでなきゃ、お前の父親も母親と共に葬ってやれたんだがな――」

よくも。

よくも、おっかさんとおとっつぁんを――!

電光石火《でんこうせっか》に頭から簪を引き抜くと、律は吉之助に飛びかかった。

九

簪はとっさに避けようとした吉之助の左手を掻き切った。

「何をする!」

吉之助は剣術や柔術の心得があるようだが、まさかこのように律が手向かってくるとは思わなかったのだろう。

傷はそう深くなかったが、己の血を見た吉之助は逆上した。

木刀を放り出して律につかみかかる。

悲鳴を上げたが、あっという間に手首をつかまれ簪が弾け飛んだ。

馬乗りになった吉之助が着物の上から胸をまさぐる。

「女――お前のような女ごときがこのような無礼……許さぬぞ! たっぷりいたぶってから殺してやる!」

「嫌っ! 誰か……!」

叫びかけた口は吉之助の手で塞がれた。

どうせ斬られるなら一矢報《いっし》いてやろうとやぶれかぶれになった律だったが、凌辱《りょうじょく》されるのはまっぴらだ。

こんな男に手込めにされるくらいなら、いっそ舌を嚙み切って——

そう思っても口を塞がれたままでは自決もままならない。

ただでさえ力の差は歴然としているのに、吉之助の狂気じみた強さに抑え込まれ、律の手足は虚しく空を切るばかりだ。

吉之助の手が着物の裾を上げ律の足にじかに触れた。

膝が己の足を割ってくるのを必死に抗う。

こんな男に——！

思わず涙した律を見て吉之助がにたりとした転瞬、涼太の声が聞こえた気がした。

幻聴だろうかと疑う間もなく再び——今度ははっきり耳に届いた。

「お律！　どこだ！」

吉之助が身体を離し、口が自由になった。

「涼太さん！」

起き上がった律を突き飛ばして、吉之助が放り出してあった木刀に手を伸ばす。

——駄目！

律が叫ぶ前に涼太が飛び込んで来た。

木刀の仕込み刃を抜かせぬうちに吉之助に組みつき、壁に叩きつけた。

吉之助が木刀を落としたところを拳で思い切り殴り飛ばす。

吉之助は踏みとどまったが、それも一瞬で、白目を剝いて涼太の足元に崩れ落ちる。

「お律――」

振り向いた涼太に律は慌てて乱れた着物を押さえた。

「お律」

座り込んだ律を膝を折った涼太が見つめた。

嗚咽が漏れた。

涼太の名を呼ぼうとしたが声にならない。

溢れ始めた涙が涼太の姿をかすませる。

しゃくり上げながら二度、三度と律は手で涙を拭った。

涼太がそっと律の手を取った。

「お律。もう安心だ」

そう言って己を抱き締めた涼太の胸で、律はとうとう声を上げて泣き出した。

その後はあれよあれよという間に過ぎた。

十

涼太に遅れることほんのひととき、今井も姿を現した。今井は気絶していた吉之助の手足を律の巾着の紐で縛り上げてから、近隣の家屋敷に助けを求めた。涼太が睨みを利かせる中、豊次郎は吉之助から少し離れたところに座り込み、肩を震わせてうなだれていた。

やがて現れた番人や町人たちの後から、保次郎も到着した。今井は保次郎と共にその場に残ったが、律と涼太は一通り事情を話したのちに家に戻ることを許された。

保次郎が駕籠を呼んでくれたものの、窓があっても簾を閉じるのが怖く、簾を開けたまま律は何度も隣りを歩く涼太を見上げたものだ。

堀井屋の徳庵がわざわざ日時を指定してきたのはおかしいと、今井と涼太は律の後をつけていたのだという。今井から話を聞いていた保次郎も牛込界隈を見廻っていた。

「まさか駕籠に乗せるとは思わなかった」と、今井は言った。

のちの調べで、徳庵は律がどこへ行くと言おうとも、理由をつけてあの駕籠に乗せるつもりで用意していたのだと判った。駕籠舁きたちは法外な金をもらい、初めから吉之助の屋敷に行くよう指示されていた。

徳庵は吉之助の名は知らなかったが、顔は見たことがあったし、時折やって来る豊次郎の売り物が訳ありなのも察していた。ゆえに保次郎と涼太が根付を買った際に、似面絵を見せられたことを豊次郎に告げに行き、口止め料として小金をせしめていた。

律に日時を指定したのは徳庵のとっさの案だった。巾着に手付を払った客がいたというのも嘘である。律の様子からあの根付と巾着には深い曰《いわ》くがあると踏んで、徳庵はあの日のうちに裏にいた遣い走りの小僧に律の後をつけさせていた。律の身上を少し調べた上で豊次郎に報告し、金と引き換えに駕籠を手配する約束をした。

律が連れて行かれた吉之助の屋敷は、高田馬場《たかだのばば》のやや東、水稲荷に近い植木屋と百姓地が相まっている一画にあった。

「御門に行かぬことは早くに判ったのだが、何分、私も涼太もあの界隈には明るくない。駕籠舁きたちはこういう悪さに慣れているのか、足が速い上に何度も後ろを確かめる。人気《ひとけ》も少なくなるばかりだから、こちらはどうしても離れて行くしかなかった。遠目に駕籠があの農家に入ったのが見えて——戻り駕籠をやり過ごして、涼太は門を、私は裏手を窺っていたら、しばらくしてお前の悲鳴が聞こえたのだよ」

先生が機転を利かせてくれなかったら……

涼太さんが駆けつけてくれなかったら……

己は今頃生きていなかったと、律は改めて身を震わせた。

一日置いて、律は保次郎に伴われて南町奉行所へ赴いた。

噂の「お白洲」へ連れて行かれるのかとどきどきしたが、保次郎には一笑に付され、裏口から内玄関を経て座敷へ案内された。南町奉行の遠山《とおやま》の他、与力たち武士の前に座るだけでも緊張したが、保次郎に助けられつつ律はなんとか全てを話すことができた。

町人として捕えられた二人だったが、護国寺で本田の妻が言ったように、吉之助は旗本の子息――番町に屋敷を構える小林家の次男、豊次郎はその世話係であった。

吉之助はしらを切ろうとしたらしいが、その悪行は吉之助が「腹心」と呼んだ豊次郎の口から明らかになった。

今年二十八歳だという吉之助は、豊次郎が知るだけで律の両親を含む十二人を殺していた。辻斬りだけで九人、残りは江戸川に落とした伊三郎と、律のように一人ずつ駕籠で屋敷に連れ込んだ女が二人である。屋敷の土蔵から二人分の骨も見つかった。小林家では吉之助の性根を薄々察しており、豊次郎を目付役にして、十年前から番町から離れた農家の屋敷を借りて住まわせていたのだ。

「吉之助さまは幼少のみぎりから、どこか他の方とは違っていたそうです。優しいお顔をしていながら時々ぞっとするようなことを言ったり、行ったりするので、奥様やご兄弟からは煙たがられておりました。十八の時に奥様の大事にしていた猫を殺《あや》めたことがきっかけで、勘当同然にお屋敷から追われてあの屋敷に移ることになりました。それでどうやら、たがが外れてしまったようです。お屋敷から金をせびっては、私の名を使い、中間を装って賭場に顔を出すようになりました。また年に一、二度、気晴らしだと称して人を殺めるようになってしまいました」

豊次郎は吉之助より三つ年上で、吉之助が十五歳で元服してからずっと世話係を務めてきたそうである。

「私の家は小林家とは比べ物にならぬ身分ですが、兄夫婦は三人の子供らとつつがなく暮らしております。吉之助さまの後始末は慙愧《ざんき》に堪えぬものでしたが、裏切れば兄の一家を一人残らず殺すと言われ……」

兄夫婦は必ず守る、と約束した遠山のもとで、豊次郎は記憶の限りを白状した。

「あのお律という娘には真《まこと》に悪いことをしました。母親ばかりか父親までも……吉之助さまはあの日、上手く言い包《くる》めるつもりで私に伊三郎さんを呼び出すように言ったのです。伊三郎さんが探していたのが辻斬りだったとは、私は夢にも思わなかった。本当です。何かの代金の踏み倒しか、賭場の借金の取り立てか――そんなところだろうと考えていました。探しているのは王子での辻斬りだと聞いて、私はすぐに六年前のことを思い出しました。吉之助さまは判らなかったようですが、私の顔色が変わったのを見て伊三郎さんを殺そうと思ったそうです。ですから私が伊三郎さんを殺したも同然です。伊三郎さんを川に落とす前に、巾着を調べた方がいいと進言しました。似面絵を抜き取るだけでいいと思ったのですが、あの巾着と根付なら質屋で良い値がつく筈だと吉之助さまが……」

吉之助が「小林」と律に家名を名乗った時、豊次郎は吉之助が律を生きて帰さぬつもりなのだと悟ったという。

――吉之助が「病死」したのは半月ほど経ってからだ。

豊次郎は吉之助の死を知ったのちに、速やかに自決したという。

町奉行は旗本・御家人を裁けない。豊次郎の告白ののち、事件は遠山の手を離れていた。

「病で、としか言えぬのが情けない限りですが、あいつが己の意に反して死したのは確かです。それでどうかお許し願いたい」

今井宅に現れた保次郎はそう言って深々と頭を下げた。

詳細は知らされなかったが、小林家は表向きはしらを切り通し、吉之助を内々に処分することで取り潰しを免れたようだ。吉之助らは町人として捕縛されたが、保次郎を始めとする武士は吉之助の身分を察していた。あの屋敷を去る前に保次郎から「他言無用」と念押しされていたから、律たちはこのことを誰にも――香や慶太郎にさえも――話していない。

「広瀬さん、お律も判っておりますから」

今井の言葉に頷いて、律は両手をついた。

「広瀬さん、先生、涼太さん……皆さまのおかげで両親の仇を取ることができました。深くお礼申し上げます」

「礼を言うのは私の――いや、お上の方です。あのような悪人を捕まえ、罰することができたのは、お律さんと……伊三郎さんのおかげだ。お美和さんを想う二人の気持ちに、天が味方してくだすったのでしょう」

保次郎が言うのへ、今井は微苦笑を漏らしながら応えた。

「まあ、お律が堀井屋にゆかねばあの巾着を見つけることもなく、徳庵が悪知恵を働かせることもなく、私が徳庵を怪しむこともなかったのだから、お律の想いが実を結んだともいえよう。しかし、こんな騒ぎはこれきりにして欲しいものだね、お律」

「そうとも」と、腕を組んで涼太が大きく頷いた。「もう二度と、一人で無茶はするんじゃねぇぞ」

「はい……」

殊勝に応えて律は目を落とした。

吉之助の剣術の腕前はけして悪くなかったと聞いている。

あの時あいつが刀を抜いていたら、丸腰の涼太さんと私、そして先生は斬られていたに違いない……

「ところでお律さん」

うなだれた律に保次郎が温かい声をかけた。

「今日はあいつの始末の他にも、二つばかりお願いがあって来たのです」

「似面絵ですか？」

「ええ」

事件の日、律が訪ねる筈だった本田家には保次郎が遣いを走らせ、事情を説明していた。

「そのような事情ならことが落ち着いてから改めて、と本田さまは仰って下さった。しかし本田さまは月末までに江戸を発たねばならないらしい。お律さんはまだ傷が癒えておらぬやもしれないが、近々頼まれてくれないだろうか？」

「もちろんです。明日でもあさってでも」

幼い秋彦の笑顔が思い出され、律はようやく微笑むことができた。

「もう一つの似面絵は誰を？」

問うた涼太へ保次郎は小さくにやりとした。

「もう一つは似面絵ではないのだよ、涼太。お律さんには私の羽織をお願いしたいのだ」

「羽織？　というともしや」

「ええ。うちの紋絵《もんえ》のことです」と、保次郎は律へ微笑んだ。

吉之助の事件は内密に処理されたから、駆け付けた保次郎の手柄もなかったことになってしまった。涼太が探る筈だった賭場は取り締まることができたものの、こちらの手柄は実際に乗り込んだ御用聞きとその主である朋輩のものになっている。だが保次郎は遠山から「これも内密に」と金一封を賜《たまわ》ったそうである。

「わ、私が描いていいんですか？」

思わず声が上ずった。

「お律さんに描いて欲しいんですよ。両親と相談して、紋付《もんつき》を新調しようということになったんです。いつまでも兄上のお古もなんだからね……ああ、けして馴れ合いではないよ。お律さんが通っていた一景さんというのは随分名のある上絵師らしいね。母上が見知っているほどなんだから。一景さんが認めた腕前なら間違いないと喜んでいたよ」

「私は……」

馴れ合いではないと保次郎は言ったが、律は一景の弟子ではないし、通っていたのも半月だけで下働きしかしていない。

だが、この一年ほどで腕を上げたという自負は少なからずあった。

「謹んでお受けいたします。腕によりをかけて描きますから」

言い切った律を見て、今井と涼太が満足げに頷いた。

十一

主が江戸を離れるとあって本田家もあれこれ忙しかったようだ。保次郎に伴われ、律が番町の本田家を訪ねたのは文月もあと五日ばかりとなってからであった。

駕籠はしばらく遠慮したかったが、定廻り同心と並んで歩くのははばかられる。保次郎が気遣ってくれ、迎え駕籠に乗った律は隣りを歩く保次郎と窓から話しつつ道中を楽しんだ。半月後には秋分とあって、残暑も落ち着き、晴れ空に浮かぶ雲もどこか秋めいている。

「足労かけたな。楽にしてくれ」

そう言って微笑んだ本田左衛門尉は、背丈はそう高くないものの、やや強面《こわもて》のがっしりとした四十路近い男だった。本田家の家禄は五百石。家禄だけなら町奉行に匹敵するのだと、道々保次郎に教えられている。「楽に」と言われても律は恐縮するばかりだったが、ほどなくして廊下を駆けて来た秋彦に救われた。

「おりつさん、よくいらっしゃいました！」

後を追って来た大倉にたしなめられたものの、秋彦は律たちを笑顔で迎えた。秋彦と大倉に続いて本田の妻も現れ「弓江《ゆみえ》」と名乗った。

「大変な目に遭われたと聞きました……ご苦労様でした」

控えめな言葉だったが心からの同情と労《ねぎら》いを感じて、律は静かに頭を下げた。

本田にうながされ、用意された紙にまずは弓江と秋彦を描く。

「ほう、見事なものだ」

「そうです。みごとなのです」

絵を手にした本田の横で秋彦が自慢げに言い、座を和《なご》ませる。

「わたしのいったとおりです」

「うむ。秋彦の言った通りだ。……もっと描いてもらおうか」

「はい！　もっとかいてください、おりつさん」

今度は弓江と秋彦を一人ずつ描き、それから駒鳥と秋彦の絵を描き直した。

喜ぶ秋彦の頭を撫でてから、弓江がそっと本田にねだった。

「……殿さまの絵もお願いしてくださいませ」

「ん？　そうか？」

「ええ」

「ちちうえも。ちちうえのえもおねがいします」と、秋彦もはしゃぐ。

律が描き始めると、かしこまった父親を見て秋彦が言った。

「おかおがこわいです、ちちうえ」

「それでよいのです。秋彦がいたずらをしたら殿さまの絵に叱ってもらいましょう」

弓江は微笑んだが秋彦は頭を振った。

「いやです。ちちうえ、わらってください」

「それはちと面映ゆいな」

「わたしはよいこにしています。ちちうえがおるすのときも――」

子供ながらに父親が家を離れることを理解しているようである。寂しさをこらえるように口をつぐんだ秋彦の手を弓江が取った。

「それでは怖いお顔と優しいお顔と、二枚描いてもらいましょう」

本田の似面絵を二枚仕上げ、更に三人一緒の絵を一枚描いたのちに、本田は弓江と秋彦を下がらせた。

秋彦の足音が遠ざかってから本田が言った。

「最後にもう一枚――二人の小さい絵を描いてくれぬか？」

本田が手にしているのは初めに描いた弓江と秋彦の絵だ。

「私はしばらく江戸には戻れんのでな」

詳しくは保次郎も知らないとのことだったが、本田はどうやら密命を受けて江戸を留守にするらしいと聞いている。

「かしこまりました」

旅の伴にするのだろうと推察して、律は新たな紙に二人の絵を小さく丁寧に描き直した。

「かたじけない、お律。この絵のことはあの二人には内密に頼む。広瀬、大倉、お前たちもだぞ？」

おどけた言い方だったが、本田の妻子への深い愛情が滲み出ていた。弓江や秋彦が本田の似面絵をねだったのも留守の間に本田を偲ぶためである。秋彦をだしにしたようでいて、互いを想い合って似面絵を頼んだのかと思うと、律もほんのり胸が熱くなった。

「心得ましてございます」

律が頭を下げると、保次郎、大倉と続いた。

「広瀬、これをお律へ」

本田から保次郎、保次郎から律へと渡された懐紙にはどう見ても小判が包んである。

「あ、あの――」

「似面絵の礼と香料だ。死した者は戻らぬが、お前が無事で何よりだった」

保次郎と同じく、武家として吉之助の所業を恥じ入っているのが感ぜられた。

大倉と保次郎がそれぞれ頷くのを見て、律は今一度、深く一礼した。

つつがなく本田家を辞去したが、まだ七ツ過ぎと日も高い。

送り駕籠には銀座町の伏野屋で降ろしてもらうことにした。南町奉行所へ戻る保次郎には少し回り道になるが、店の前まで送り届けてくれるという。駕籠は番町を堀端へ抜けて、堀沿いを東へ向かった。堀沿いの道を通るのは初めてだが、保次郎がいるから安心だ。

窓からゆったりと御城を眺めていると、保次郎が切り出した。

「ところでお律さん」

「はい」

「本田さまにはちと当てられましたな」

「え？　はあ、まあ……仲睦《むつ》まじいご夫婦でございました」

「秋彦さまも真、愛らしかった。本田さまは晩婚で、秋彦さまがお生まれになるのも遅かったから大層可愛がっておられるそうだ。奥さまもお美しく、本田さまにふさわしいおやかなお方で……あのようなご一家を目の当たりにすると、身を固めるのも悪くないとしみじみ思うよ」

「はあ……」

春先には良縁を求める母親に振り回されていた保次郎だったが、ここしばらくそういった話は無沙汰していた。

「実は先日、父上を通じて一つ縁談をいただいてね」

「まあ、おめでとうございます」

「いやいやおめでとうはまだ早い。だが例のごとく母上が大いに張り切っている」

母親を思い出したのか、苦笑を漏らしてから保次郎はふいに言った。

「お律さんはどうかね？」

「えっ？」

「くだんの事案は落着したし、慶太郎もあと二月《ふたつき》もすれば奉公に出る。そろそろ身を固めようとは思わないかね？」

「わ、私は……」

吉之助に蹴られた腹や木刀で打たれた肩は痣になり、着物には少し血がついた。長屋では転んだだけだと言い張ったものの、慶太郎や長屋の者たちは何やらいつもと違う気配を感じ取っていたようだ。彼らを誤魔化すためにこの二十日ほど苦心していた律だったが、身体の痛みや痣はもうすっかり消えている。

吉之助の狂気と凶行を思い出すと未《いま》だに怒りに駆られるが、仇は死に己は生きているという実感が日に日に増してきているところである。

と同時に、あの時涼太が己を抱き締めたことや、己が涼太の胸で泣いたことがまざまざと思い出されるようになっていた。

──仇討ちを迷っているうちは、お嫁になんかいけやしない──

そう思ってきた律だったが、吉之助は死をもって裁かれた。

仇討ちは終わったのだ。

「私は──」

なんと応えたものか判らぬ上に、何やら駕籠舁きたちまで耳をそば立てているような気がしてならない。

躊躇う律をからかうように保次郎が続けた。

「そういえばお律さんの簪だが」

「私の簪?」

「ええ、お美和さんの形見の菊の簪です」

律の唯一の武器だった銀の平打ちは、吉之助に飛びかかった際に弾かれてそれきりになっていた。後日思い出して保次郎に訊いてみたのだが、見つからなかったと聞いていた。

「駆けつけた番人が拾っていたそうだ。あの時は先生も私もばたばたしていたからね。のちに私を介して返そうと懐紙に包み、おかみさんに誤解されぬよう手文庫に仕舞ったままではよかったが、その後すっかり忘れていたらしい。結句、おかみさんに見つかって散々問い詰められたと言っていた」

悋気《りんき》な妻というよりも、夫に信用がないだけではなかろうか。しかし簪が戻ってくるのはありがたい。

「それはお手間を取らせました」

「簪は足が曲がってしまっていてね。直さないと使い物にならないだろうが、お律さんには思い出深いものだろう？」

「ええ、大事な母の形見ですから」

「だから涼太に預けておいたよ」

「えっ？　涼太さんに？」

「うむ。懇意にしている小間物屋を通じて直してもらうそうだ」

「涼太さんに……」

「いけなかったかね？　二人は仲良しだからちょうどいいと思ったんだが――」

広瀬さんにも見抜かれている――

熱くなってきた頰を隠すために律は駕籠の中でうつむいた。

十二

山下御門から町中を抜けて銀座町へと向かった。駕籠が伏野屋につけると、挨拶もそこそこに律は保次郎に暇を告げた。

保次郎は気を悪くした様子もなく、むしろにっこり微笑んで奉行所の方へ歩いて行った。

「お律さん」

店の中から声をかけ、表へ出て来たのは香の夫の尚介だ。

「商い中にすみません。ちょっと近くを通ったものですから……」

香に会いに来たというよりも、己の手がけた前掛けが使われているのが見てみたかった。

「あいにく香は母のお伴で越後屋に出かけておりましてね」

「お峰さまの？」

「ええ、峰さまの、です」

苦笑した尚介から変わらぬ香への愛情を感じた。

「母の巾着も店の前掛けも評判は上々です。快く引き受けてくれてありがとう」

「こちらこそ香ちゃん——お香さんにはいつもお気遣いいただいて」

「香はお律さんを頼りにしているからね。これからも一つよろしく頼みます」

小さくも丁寧に頭を下げて尚介は店に戻って行った。

大事な客だと思ったのか、ちょうど表に出て来た丁稚も律を見てお辞儀した。

まだ十一、二歳だろうか。

大き過ぎる前掛けが膝下まで伸びていて動きにくそうだ。だがお辞儀の作法は手代たちと変わらぬし、起こした身体は背筋が伸びていて気持ちがいい。

右膝の二輪の吸葛《すいかずら》を揺らして丁稚も尚介の後に続いて店の中へ姿を消した。

京橋を渡り、律は日本橋の賑わいを左右に見ながら歩いた。

日本橋を越えて十軒店に差しかかった辺りでふと思いつき、東の小伝馬町へ足を向ける。

少し風が出てきたが、その風に雲は流されたのか青一色の空が頭上にあった。

小伝馬町の稲荷は今日もひっそりとしていて、律の他には参拝客が見当たらない。

一月以上経っているが境内の百日紅はいまだ満開だった。

が、一景が言ったように一味違う気がするのは、辺りに散った花びらのせいか？

夏もとうとう終わり……

巾着から矢立を取り出した律の手元に、はらりと一輪の百日紅が落ちてきた。

はっとして律は百日紅を見上げた。

穏やかな秋風が木々を揺らし、再びいくつかの花が流れ落ちていく。
はらり。
音もなく僅かに宙を舞い、百日紅の花びらが地面に降り積もる。
褪せて朽ちていく花びらの上を、鮮やかな赤で染めていく。
はらり。
またはらり、と。
ふいにこの一月――否、母親を亡くしてから六年間の出来事が次々と思い出された。
矢立を握りしめた律の頰を涙が伝った。
仇討ちを果たした喜びの涙ではない。
仇への怒りの涙でもなかった。
なすがままにひとしきり涙した後、筆を取り出すことなく律は矢立を仕舞った。
手拭いで頰を拭い、百日紅に背を向けて境内を出る。
鳥居の外で一つ大きく息をつき、夕暮れに青さの増した空を見上げた。
明日も晴れるに違いない――
籠巾着を抱え直すと、背筋を正して律は家路を歩き始めた。

第四章

簪《かんざし》の花

一

しばし悩んだ末に涼太が手に取ったのは、五つの小さな花がぼんぼりのように彫りぬかれた銀の平打ちだ。

一目では花と判りにくい意匠だが、よく見ると丸い花には菊に似た花びらと三枚のがくがそれぞれ彫り込まれている。五本並んだ細い茎といい、地味に凝った細工であった。まっすぐな茎に丸い花をつけているのが、愛らしくも凜としていて律を思わせるし、どことなく懐かしさを感じさせるものがある。

傍らの手代が一瞬不満げな顔を見せたのは、簪の値が一朱百文と大店の「若旦那」が買うには安価なせいだろう。

しかし客を見送って戻って来た店主は、手振りで手代を追い払ってから涼太へ微笑んだ。

「お気に召しましたか？」

「ええ」

「それはようございました。その簪は近頃私が目をかけている達矢《たつや》という錺師《かざりし》のものです。

まだ無名ですが腕は確かです。それに千日紅《せんにちこう》なんてちょいと見ない意匠でしょう？」

この花は千日紅というのか。

それならちょうどいい——

そう涼太が思ったのは、先日、律が描いていたのが百日紅《さるすべり》だったからだ。

千日紅という花木を涼太は知らなかったが、名前が似ているだけでも話のきっかけにはなりそうである。

「千日紅とは確かに珍しいが、あまり気取ってないのがいい。包んでもらえますか？」

知ったかぶって涼太は店主に簪を差し出した。

「箱は桐と紙とございますが……」

「紙で頼みます」

「心得ました」

手代と違って店主の方は本当に「心得て」いるようだ。

安価な平打ちを買うのも、紙箱に包んでもらうのも、金が無いからではない。見るからに値の張るものだと律が遠慮するだろうと判じてのことである。

——文月の頭に、律は両親の仇討ちを果たした。

実際に仇の小林吉之助を死に至らしめたのは小林家だが、吉之助の悪事を暴くきっかけを作ったのは律だった。騙されて吉之助の屋敷に連れ込まれた律は、母親の形見の簪を武器に抵抗した。その際に足が曲がってしまった簪を広瀬保次郎から涼太が預かったのは、もう半月も前のことである。

「懇意にしている小間物屋がある」と保次郎には見栄を張ったものの、実のところ涼太が女の――それも想い人への――贈り物を選ぶのはこれが初めてだ。菓子などを手土産にしたことは多々ある。また、花街を回る小間物屋から女自身が選んだものの代金を払ったり、「これで新しい簪でも買いな」と心付けを渡したりしたことはあっても、自ら贈り物を買ったことはなかったのである。

簪を直しに出す間に、代わりの簪を贈ろうと思いついたまではよかったが、肝心の小間物屋に心当たりがない。否、小間物屋なら神田から日本橋にかけて数え切れぬほどあるのだが、小粋でなおかつ律に受け取ってもらえそうなものを置いている店となると限られてくる。母親の佐和や妹の香なら良い店を知っていようが、香はともかく佐和にはとても訊けたものではない。

悩んでいた矢先、跡取り仲間たちから誘いがあった。

誘われた深川の料亭で飲んだのが昨日で、仲間うちでは一番の洒落者《しゃれもの》の勇一郎《ゆういちろう》からそれとなく聞き出したのが、ここ、日本橋の小間物屋・藍井《あいい》だった。

由郎《よしろう》と名乗った店主はまだ三十路前と若く、色白の優男《やさおとこ》で、主目当てと思われる客がちらほら見受けられる。「日本橋」というだけでどことなく構えて暖簾をくぐった涼太だったが、ざっと眺めただけでも藍井の品揃いの良さは群を抜いていた。達矢という錺師を始め、店主自ら無名の職人を掘り出している様子も好感が持てる。

「お待たせいたしました」

由郎が差し出した箱は薄紙に包まれており、左隅に小さく「藍井」の印が押してある。

「お話しいただいた簪の直しも達矢に任せようかと思いますが、いかがでしょうか？」

「お任せします。簪は近々店の者に届けさせます」

「今後ともどうかご贔屓に。勇一郎さまにもよろしゅうお伝えくださいませ」

由郎の口調にはやや上方訛りがあったが、不快ではなかった。日頃「日本橋」や「上方」を目の敵《かたき》にしている涼太だが、「本物」を嗅ぎ取ることには長《た》けている。藍井は間口二間だが、日本橋に店を持つだけあって主には見た目以上の才覚があるようだ。

――しかし、勇一郎の名を出したのはまずかったか？

同じ仲間の則佑《のりすけ》の厚意に甘えて、昨夜は日本橋にある則佑の家に泊まった涼太だった。仲間との集いでお仕着せではなくそれなりの身なりをしていたから、これ幸いと藍井に寄ってみたのだが、一見の安い客と思われるのが癪《しゃく》でつい身元と勇一郎の名を口にしていた。

わざわざ小間物屋に出向いて簪を買ったなどと勇一郎に知れたら、恰好の話のねたになりそうだ。由郎が余計なことを言わぬよう願いながら、「ええ」と短く頷いて、涼太は藍井を後にした。

簪を懐にまっすぐ神田相生町まで戻って来た涼太は、表に出ていた手代がいなくなるのを見計らってから、そっと長屋への木戸をくぐった。

まだ昼の九ツにもならない刻限だ。

先生は指南所だから、今ならお律一人に違いない――

井戸端には誰もいなかったが、通りすがりに内職をしていた勝と目が合って、涼太は慌てて会釈をこぼした。葉月に入ったが秋分を過ぎたばかりの穏やかな陽気だからか、律の家の戸も明け放してある。

先日の伊三郎の命日には焼香に来たが、涼太が律の家を訪ねることはあまりない。

鏡もないのに髷に手をやり、着物の襟元と袖を戸口の手前で確かめた。

「お律」

なんとなく小声になって呼びかけると、一瞬おいて律が応えた。

「涼太さん？」

「おう」

中へ入ると、張り枠を手にした律がこちらを見た。

二人きりということもあって微かな緊張を胸に、涼太はあがりがまちに腰を下ろす。

「仕事中、邪魔してすまねぇ」

「ううん。涼太さんはこれからお出かけ？　先生に何か言付けでも？」

「いいや、俺は今、戻って来たところさ」

「戻って来た？」

「昨日、野暮用で出かけててな」

言ってから急いで付け足した。

「いつもの跡取り仲間たちとだ。日本橋で飲んでそのまま仲間の家に泊めてもらったのさ」

深川では芸者を呼んで二刻は騒いだが、女と一夜を過ごした訳ではない。日本橋で飲んだというのは嘘だが何も後ろめたいことはないのだと、涼太は己に言い聞かせた。

「そうでしたか」

「ああ。それで帰りしなこいつを見つけてな。お律にどうかと思って持って来たんだ」

「私に？」

張り枠を置いて近くに座った律の前に、さりげなく取り出した小箱を置いた。

「藍井……」

箱を取り上げた律の手は染料で汚れているが、たすきで露わになった肘から上は白くなまめかしい。己の腕の中で泣いた律が思い出されて、どぎまぎした涼太はつい早口になった。

「簪なんだ」

「え？」

「お美和さんの簪を直す間、代わりがないと困るだろう？」

「代わりって、あの……」

今日の律は島田髷に櫛を差しただけだが、簪なら曲がったものの他にまだ二、三本は持っている。「代わり」というのは受け取ってもらうための方便だから、拒まれないよう涼太はさりげなく続けた。

「まあ、思いつきで買った安物だが、使ってくんな」

おずおずと律が包みを開き始めたので、少し得意げになって言ってみる。

「お美和さんのと同じ菊じゃ芸がねぇと思ってな。平打ちだがちょいと見ない意匠なのさ」

簪を手にした律の目が驚きにやや見開いたのを見てとって、涼太は更に得意になった。

「千日紅さ」

「ええ。簪には珍しい意匠だわ」

「そうだろう。ほら、こないだお前、百日紅の絵を描いてたろう？　それでこいつを見た時お律を思い出したのさ」

「それは、あの、ありがとうございます」

律は微かに頰を染めたが、言葉には躊躇《ためら》いが感ぜられる。

「礼を言われるほどのもんじゃやねぇ」

応えて涼太はさっと立ち上がった。

長居するのは恩着せがましい——

律は仕事中だし、店も気になる。とりあえず簪は受け取ってもらえたのだから、今日はそれでよしとしようと涼太は思った。

「店の仕事が溜まってるだろうから、今日は八ツの茶には顔を出せねぇ。先生にはそう伝えてくんな」

「判ったわ」

頷いた律が簪を手にしたままなのを見て、涼太は上機嫌で青陽堂へ足を向けた。

二

指南所に向かう慶太郎や今井と一緒に家を出て、律は上野の池見屋へ出来上がった絵を納めに行った。

葉月も十日を過ぎたから、納めた巾着絵には水仙《すいせん》や蠟梅《ろうばい》など冬の花を描き始めた。

「慣れてきたようだね」

五枚並べた絵を一瞥して、池見屋の女将・類が言った。

「けど、なんだかつまらなくなったね」

つまらない、と言われたのは心外だった。

上絵入りとはいえ、町娘相手に手頃な値にしている巾着である。高い染料は使っていないが、その分凝った——と、己は思っている——意匠にしていたからだ。

「つまらないですか？」

むっとして問い返した律へ、類は鼻を鳴らして薄笑いを浮かべた。

「つまらないねぇ。こういう奇をてらった意匠は、続くとすぐに興が冷める。ぱっとした色も物珍しいのは始めだけさ。世間知らずの若いのには判らないだろうけど、私みたいなのには鼻につく」

「で、でも私の巾着は、若い娘さんがよく買っていくからって」

「そうさ。だがお前はこれからもずっと、町娘だけを相手に商売してくつもりなのかい？」

「そ、それは」

町娘の巾着しか任せてくれないのは、お類さんじゃないの——

その限られた仕事の中で自分は工夫しながら腕を磨いてきたつもりだ、と律は思った。

「まあ、それならそれでいいけどね」と、類はにやにやした。

「私は、私なりに考えて——」

言いかけた律へ、類はわざとらしく大仰な溜息をついてから言った。

「私は、私はって、お前はちっとも学んでないねぇ。商売なんだから頭を使うのは当たり前じゃあないか。だがそれが表に見え過ぎるのは、こういう商売にはよろしくないのさ。うちは呉服屋で両替商じゃあないんだから」

ぐっと黙った律に類は続けた。

「変わった意匠もたまにはいいさ。だが、長く広く好まれるのは案外ありきたりなものなんだよ。まあ、ありきたりなものこそ絵師の腕が物を言うから、お前にはまだ難しいだろうがね。——征四郎《せいしろう》！」

手代を呼びつけて、類は一景の着物を持って来るよう言いつけた。

桐箱と共に現れた征四郎に箱の蓋と薄紙を開けさせる。

「これから納めるんだから、触んじゃないよ」

言われなくても判ってる——

内心不満げにつぶやいてから見やった着物に、律は目を奪われた。

水仙の着物であった。

畳まれた裾の部分しか見えないが、花は白、葉は緑と「ありきたり」である。

野に咲くままを描き写したようでいて、本物のように描き込まれてはいないから、そう凝った絵にも見えない。だが線一本、ぼかし一つとっても過不足なく、地色の砂色《すないろ》と相まった冬の静けさが胸に染み入る。

白い花でも寒々しさはなかった。

むしろほんのりとした暖かさを花びらの白さに律は感じた。

同じ布、染料、道具を与えられれば、限りなく似たものを描ける自信がある。

だがどれほど似た絵であろうとも、客は迷わず一景の着物を選ぶだろう。

腕だけじゃあない。何が私には足りないんだろう——？

類の隣りに無造作に置かれた己の水仙の絵が、まるでいたずら描きのように見えてくる。

「これはこれで悪かぁないんだ」

律の絵を見やって、珍しく類は慰めの言葉を口にした。

「ただ同じ趣向の絵ばかりじゃあ芸がない。よく言えば一途、悪く言えば莫迦の一つ覚えってんだよ、お前の絵は。時候もちったぁ考えた方がいいね。秋冬に派手を好む客は、若いのにもそういない。ましてや江戸は流行《はや》り廃《すた》りの激しい土地だ。風変りなものは、売れる代わりに飽きられるのも早いのさ」

莫迦の一つ覚え……

売れねば困ると、近頃似たような絵になっていたのは否めない。一度気に入ってもらえただけで、同じ手法を繰り返してきたのは浅はかだった。

「その……これから精進いたします」

「精進、精進、言うだけなら易いもんだ」

ふん、と一つ笑って類は言った。

「だがね、お律。描いて描いて描きまくるのも一案だ。それにちょいと周りを見渡してみな。江戸の流行はすぐ廃るが、流行らずに残り続けているものだって少なくないのさ。着物だけじゃあない。指物《さしもの》にせよ、飾り物にせよ、重宝されるのはありきたりのもの、末永く慈《いつく》しまれるのは本物だ」

「ありきたり……本物……」

「ああ、お前はまたそうやって、私の言うことを真《ま》に受ける」

「えっ？」

「それがお前の良いとこであり、悪いとこでもあるんだがね……まあ私も小娘相手におしゃべりが過ぎた。口先ばかりの年寄りにゃあなりたくないと思ってきたのに、嫌だねぇ」

「あの」

どういうことかと律が問い質《ただ》す前に、類はにやりとして両手を打った。

「お帰りだ！」

――手代の征四郎に送られて、仕方なく律は池見屋を後にした。

悶々と類の言ったことを考えながら戻って来た律は、青陽堂の店先に涼太の姿が見えてとっさに近くの長屋の木戸に身を寄せた。

涼太が店の中に戻るのを確かめてから、急ぎ足で青陽堂の前を通り過ぎる。

家に帰ると、律は真っ先に髷に挿していた鞠の塗り簪を抜いた。

髷を手で少し整えてから簞笥の引き出しを開け、奥に隠した小箱を取り出す。

二日前に、涼太からもらった千日紅の簪である。

先ほど涼太の目を避けたのは、違う簪を挿していたからであった。

家にいる間は櫛だけで過ごしている律だが、外出の際は簪を一本挿して行く。昨日、八ツの茶に現れた涼太は、櫛だけの律を特に気にした様子はなかったが、別の簪を挿しているのを見られるのはどうも気まずかったのだ。

包み紙を解いて、小箱を開いた。

二日間、慶太郎がいない間に、もう五度も六度も同じことを繰り返している律だった。

涼太さんはどうして「代わり」の簪なんて――

簪の足をつまんで千日紅をかざしてみたところへ、軽快な足音と共に香の声がした。

「りっちゃーん」

慌てて簪を箱にしまったものの、包み紙はそのままで、箪笥に隠す暇もない。

文机の陰に押しやった小箱と包み紙は、目ざとい香に瞬く間に見つかってしまった。

「藍井じゃないの！」

「香ちゃん、藍井を知ってるの？」

「もちろんよ。これは何？　簪？　見せてちょうだい」

律が応える前に箱を開けた香は、中身を見て眉をひそめた。

「これってもしかして……団子花《だんごばな》？」

「ええ……」

涼太は気取って「千日紅」と言ったが、律たちには「団子花」の名の方が馴染みが深い。

百日紅は花木でその名の通り皐月から葉月にかけておよそ百日咲き続けるが、千日紅は草花でとても千日も花はもたない。花を見かけるのは皐月から長月と、百日紅より一月ほど長いだけである。

「判った！　基二郎さんからの贈り物でしょう？」

じろりと律を見やって香が言った。

「ううん、違うわ。……涼太さんからよ」

小声で律が言うと、香は目をぱちくりした。

「お兄ちゃんから？」

「そうなのよ。おっかさんの菊の簪は直しに出すから、その代わりだって置いて行ったんだけど、香ちゃん、どう思う？」

問われた香は簪に目を落とすと、顎に手をやってつぶやいた。

「どうって……細工は申し分ないわ」

「ええ」

「藍井は日本橋で近頃人気の小間物屋よ。主が目利きでどの品物も名品だっていわれているけど、人気なのは主が役者顔負けの美男だからよ」

そんなに名高い店ならば、平打ちとて「安物」ではないだろう。

「……団子花とは意表を突く意匠だけれど、代わりだというのはただの方便よ。お兄ちゃんはきっと、簪を直すのにかこつけて、りっちゃんに贈り物がしたかったのよ」

「……そうかしら？」

「そうよ。だって、お兄ちゃんはりっちゃんが好きなんだもの」

大きく頷いて香は太鼓判を押したが、律はどうも釈然としない。

涼太の「好意」は疑いようもない。

だがそれが「女」としてだとは信じ難いのである。

そうではないかと、ふとした折に感じることはある。

あの時——あの屋敷で私を助けてくれた時も——

己を抱き締めた涼太の腕や胸が思い出されて、熱くなる頬を律は必死で隠した。

簪を渡された時も「幼馴染み」以上の気持ちを感じた気がした。

だが涼太は綾乃に気があるようだし、いくら細工がいいとはいえ団子花の簪というのが引っかかる。何も菊や牡丹でなくてもいいが、野に咲く花なら百合に桔梗、撫子《なでしこ》、金鳳花《きんぽうげ》といくらでも絵になる花がある。ゆえに、今思うとあの「好意」は己の独りよがりな願望に過ぎなかった気がするのである。

団子花が悪いというのじゃないけれど……

むしろ簪自体は一目で気に入っていた。斬新な意匠にもかかわらず、丁寧な細工が温かみを感じさせる。団子花は日頃そこらの草花を描きとめている律には親しみのある花だし、赤く可憐な花がいくつも揺れている様はどこか懐かしい。

しかし団子花を涼太が選んだのは、取りも直さず、己を平凡でありきたりな幼馴染みと思っているからではなかろうか？

「でもこれはほら、職人好みの細工じゃないかしら？」

律の胸中を読んだのか、取り繕うように香が言った。

「こんなによく出来た簪は、江戸中探しても他にはないわ。それに私は団子花が大好きよ。小さくて丸くて愛らしいもの」

懸命に言う香の方こそ愛らしく、律は苦笑に似た微笑を漏らした。

「ありがとう、香ちゃん。でもきっとこれはただのついでよ。藍井がそんなに人気の店なら、涼太さんはおそらく、綾乃さんへの贈り物を買いに行ったのよ」

「もう、りっちゃんたら……！」

香は頬を膨らませたが、それ以上は言わずに話を変えた。

今日は知人の似面絵を頼みに来た、と香は言った。

「塗物屋の娘さんでお井乃《いの》さんというの。意中の人がいるんだけど、今は修業で遠方に住んでいるそうよ。なかなか会えないからせめて似面絵を送りたいんですって。お代も弾んでくれるそうだから、悪いけどうちまで出向いてくれないかしら？」

「判ったわ。五日後でいいかしら？　池見屋さんに行った後でよければ……」

親友の香の頼みだ。律は喜んで引き受けた。

三

五日後、朝のうちに池見屋に出向いた律は、類が留守だと聞いて何やらほっとした。

此度の巾着絵は、類に言われたことを踏まえて無難な仕上がりの絵になっていた。

「ありきたり」で「良い」ものを描いたつもりだが、己がどういう「つもり」であろうと、類――客――の目には品物が全てである。

手代に品物を預けると、律は一路、銀座町にある伏野屋へ向かった。

丁稚に案内されて奥の座敷に行くと、香と井乃が待っていた。香には負けるが、化粧をしてめかし込んだ井乃はなかなかの美人で、律たちより二つ三つ若く見える。

「お呼び立てしてすみません。早速ですが……」

そう言って井乃が広げたのは数枚の役者絵だ。

「髷と簪はこっち、着物はこっちのでどうかしらって話していたのだけれど」

香が言うのを聞いて合点した。

見たままを描くのは顔だけで、髷や着物は役者のものを借りるということだ。

井乃もそれなりに着飾ってはいるのだが役者の衣装には敵わない。また、好いた男に少しでも美しく見られたいと思うのは女の可愛い見栄である。眉毛やほくろ、顎の形など井乃の特徴となるところはそのままに、残りはそれとなく整えながら下描きをすると、井乃は嬉しげにはにかんだ。

律も女だ。飾り物に小物、着物をとっかえひっかえして、女三人、きゃっきゃと下描きを囲むのは楽しかった。

半身から立ち姿まで様々な下描きをして、井乃の選んだ二枚を描くことにした。

下描きを基に律が二枚描く間も、香と井乃は静かにおしゃべりを続けた。

これまで顔見知りでしかなかったが、井乃から声をかけられて、少し親交が深まったようである。日頃、日本橋の女たちとの交友をこぼしている香には喜ばしいことだと思う反面、改めて身分の違いを突き付けられたような気がして、律は黙々と絵を仕上げた。

「思ってたよりずっといいです。お律さん、ありがとう」

出来に大満足の井乃は、礼金として二朱を置いて行った。もらい過ぎだと言った律に、香は笑って首を振る。

「いいのよ。墨一色でもまるで美人画だったわ。一枚一朱であれだけの絵が手に入ったんだから安いもんでしょ」

「美人画なんて言い過ぎよ。香ちゃんは相変わらずお上手ね」

「りっちゃんは相変わらずご謙遜」

苦笑しながら香は懐紙に包んだ二朱を律の手に押し込んだ。

四

にわかに律は忙しくなった。

井乃の似面絵を見た日本橋の女たちが、次々香を訪れ似面絵を頼み込んできたからだ。香に言われて井乃と同じ一枚一朱で引き受けることにしたが、日本橋に出向いて描くとなると少なく見積もっても二刻はかかる。

五日ごとに池見屋に巾着絵を納めている律としては、五日に一人、詰め込んで二人描くのが精一杯だ。加えて女たちがみんな、井乃のように気立てが良いかというとそうでもない。

「神田の裏長屋にお住まいなんですってね」と、小莫迦にした様子で長屋暮らしについて訊ねる者もいれば、「鼻を小さく、唇は厚く」などと注文の尽きない者もいる。その結果、似面絵とは言い難い出来になったり、「どうも気に入らないわ」と言われて出来上がった絵を丸々描き直したこともあった。

その度に香はそれとなく客をたしなめるのだが、女たちは多かれ少なかれ姑の峰を見知っているため、あまり強くは言えないようである。楽しんで描けたのは井乃の絵を含めたほんの四、五枚だったが、香の付き合いを慮《おもんぱか》って律は日本橋に通い続けた。

もちろん手間賃も魅力的だった。

慶太郎の奉公までもう二月もない。

まずは下駄と草履を新調した。「お仕着せがあるから」と着物は慶太郎に止められたが、寝巻きと下帯、そして着替えを入れる行李を新たに買った。

朝のうちに池見屋に巾着絵を納めて、昼から似面絵、残りの四日で五枚の巾着絵を仕上げるという日々が続いて、あっという間に葉月が過ぎた。

その間、類に会えたのはたった二度、「つまらない」と言われてからは一度きりだ。「女将さんは所用で留守にしている」と店の者は揃って言うのだが、居留守ではないのかと疑ったほどである。

月の終わり頃に一度会えた時も、巾着絵の感想はなく、「粋な細工じゃないか」と涼太からもらった簪を褒められたのみだ。

涼太は涼太で見習いに入っている帳場で間違いを指摘されたり、宇治から届く筈の荷が届かなかったりと忙しくしていた。それでも二日に一度は今井宅に顔を出しているのだが、巾着絵に費やせる時間が減った分、一休みの茶は律の方が遠慮することが多かった。

「気晴らしした方がはかどるぞ」と、今井は言うし、律もそう思わないでもないのだが、仕事が残っているとどうも落ち着かないのである。

――駄目なら、お類さんなら手代さんを通じてでもはっきり言ってくれる筈。

だが、無沙汰は無事の便りと思いつつも不安は拭えなかった。

忙しさに押し流されているせいだろう。巾着絵はそこそこいい出来なのだが、それだけなのが己の作品だけによく判る。「ありきたりだが本物」ではなく、ただの「ありきたり」になってしまっているように思えるのだ。

こんなんじゃ駄目だわ……

長月も十日目になってから、ようやく律は決意した。

――似面絵はもうおしまいにしよう。

香への断りの言葉をあれこれ考えながらまずは池見屋に向かうと、久しぶりに類のいる座敷に通された。

律が納めた品物を類は何も言わずに傍らに重ね、隣りにあった一枚の布を広げた。

一辺が三尺ほどの正方形の綿である。

「なんだと思う？」

「風呂敷ですか？」

「お包《くる》みだよ。お前、久丸《ひさまる》のご隠居を覚えてるかい？」

「もちろんです」

年初めに、京から来た絵師・忠次《ちゅうじ》の襖絵を見せてくれた日原小左衛門《ひはらこざえもん》のことだ。久丸は南新堀町にある廻船問屋で、巷《ちまた》では「お大尽」といわれるほどの財があった。

「四人目の孫が生まれたそうでね。飛鶴《ひかく》の絵が入ったお包みを贈りたいそうだ。お前、鶴は描けるかい？」

……私に任せてもらえるのだろうか？

「か、描けます。おとっつぁんが鳥の絵が得意で、私も——」

「伊三郎さんのことなんか訊いちゃいない。お前にできるか訊いてるんだよ」

「描けます」と、律は繰り返した。「鶴はおめでたい鳥だから、何度も練習しています」

広げられた布を挟んで律は類を見つめた。

口を結んで応えを待つ律へ、類はやや呆れた声を漏らした。

「そんなに思い詰めた顔しなくてもいいじゃないのさ。できるってんなら、お前に任せようと思ってたんだから」

「ありがとうございます！」

「ご隠居には他にもお包みを頼まれてんだ。鶴はそのうちのたった一枚だよ。だからあんまり舞い上がるんじゃないよ」

「はい！」

舞い上がるというほどではないが、嬉しさは否めない。

たかがお包みだが、赤子の「着物」には違いないのだ。

また、花の絵ばかり描いてきたから、鳥を描かせてもらえることがありがたかった。

孫の誕生は七日前で、お包みは次の月誕生日に贈るという。一月ほどあるから、じっくり描いていいと類は言ってくれた。

伏野屋に行ってそのことを香に告げると、香も手放しで喜んでくれた。

「それで、その」

「それなら、似面絵はしばらくお休みにしない？」

香の方から切り出してくる。

「そうなの。そうお願いしようと思っていたの。お代はありがたいけど、なんだか気疲れしちゃうから……」

「ごめんね、りっちゃん。でもちょうどよかったわ。私もちょっと煩わしく思ったから、母さまに頼まれたのをいいことに、次の注文を断ったところだったのよ」

「母さまって女将さんのこと？」

「そうよ。りっちゃんの似面絵の話をしたら、興を誘われたみたいだったから、母さまも一枚どうかと持ちかけてみたの。母さまから言い出したことじゃないから断りやすいわ。りっちゃんはどうか気にしないで。お兄ちゃんにも叱られちゃったし……」

「涼太さんにも？」

律が訊き返すと、香はばつが悪そうに頷いた。

――翌日、今井宅で似面絵をやめたことを話すと、顔を出した保次郎が慌てて言った。

「似面絵をやめたって――そりゃ困るよ、お律さん」

「ご心配なく、広瀬さん。町奉行所の似面絵はいつでも描きますから。やめたのは日本橋での似面絵です」

「それはよかった」

大げさに胸を撫で下ろした保次郎の横で涼太が言った。

「実入りがよくてもお律の本領は上絵じゃないか。似面絵はほどほどにして、池見屋さんを大事にする方がいい」

「ええ。その通りだわ」

――お前のお節介でお律は大忙しだ。仕事をおろそかにするお律じゃねぇ。お代をもらっている以上、似面絵も手を抜かねぇだろう。だがこんなにくるくる働いてたんじゃ、いつかほんとに目を回しちまう――

そんなことを言って涼太は香を諭したと聞いた。

忙しいのは涼太の方だ。

今井宅での一休みの他は、手代と等しく朝から晩まで働き詰めである。得意先回りをかかさないだけでなく、父親から茶の儀を習い直して、少しずつ茶会にも顔出しするように心がけているという。

涼太さんこそ、そのうち目を回してしまうんじゃないかしら？

にもかかわらず、己を気遣ってくれる涼太に悪いやら、嬉しいやらだ。

「もっともらしいことを言ってるがね。本当は寂しかっただけだろう？」

からかい口調で保次郎が問うた。

「寂しいってなんですか？」

「先日は先生と二人きりで寂しそうに見えたよ」

「そんなこたありやせんや。先生とさしというのもおつなもんでさ」

「ほう？」

「だがそう見えたんなら、広瀬さんももちっと顔を出してくださいよ。このところ大きな悪事は聞きやせんし、似面絵もご無沙汰じゃあないですか。その分お暇じゃないんですか？」

「町が平穏なのは喜ばしいことなのだが……」

「なのだが？」

「見合いやら母上のお伴やらで、お暇とは言い難いのだよ」

肩をすくめた保次郎だが、閉口しているようには見えなかった。

身を固めるのも悪くない——と、律に語った保次郎だ。先日の縁談は残念ながら流れたようだが、これまで母親任せだった嫁取りに自らも積極的になったらしい。

「……一人前になるまでは。嫁取りなんぞおちおちできぬと、兄上はよく言っていた。兄上は私と違って早くから父上の見習いとして仕事に就いていたからね。だから父上が思わぬ怪我で隠居した時、まだ若い兄上を与力の前島《まえじま》さまが跡取りとして定廻りに取り立ててくださったのだ。その期待に応えようと、兄上は日々仕事に勤しんでおられた。なのに三十路になって、流石にそろそろ嫁取りをと考えていた矢先に亡くなったのだ。私はまだまだ半人前だが、年が明ければ二十七だ。母上が焦る気持ちも判らぬでもないし、なんとか三十路前に親に孫の顔を見せてやれぬかと思ってな」

保次郎の兄・義純《よしずみ》は、見廻りで出会った辻斬りに殺されている。

「前島さまは、広瀬さんも同じように後押ししてくださいましたね」

今井が言うと、保次郎は大きく頷いた。

保次郎が仕える与力の前島勝良《かつよし》とは、父親の純太郎《じゅんたろう》の代からの昵懇《じっこん》だ。何年も下積みした義純はともかく、冷や飯食いだった保次郎が横紙破りに定廻りに就けたのは、義純の死を悼《いた》んだ前島の嘆願あってのことだった。

「前島さまには感謝してもしきれません。兄上はまだしも、私のことではあちこちから苦情がきましたが、全て前島さまが矢面《やおもて》に立ってくださいました。父上や兄上は前島さまから重用されていましたからね。前島さまが私を兄上の後に据えたのは、兄上を早くに亡くした父上の無念を汲んでくださったからなのです」

「まさかそれだけではありませんでしょう？　だって前島さまのお願いを、御奉行の遠山さまは一も二もなくお許しになったと聞きました。広瀬さんはいまや兄上さまに負けぬほど町の者に慕われておりますよ。前島さまや遠山さまはきっと、広瀬さんの力量を初めから見抜いていたんです」

「あはは、お律さんは褒め上手だなぁ――」

照れた保次郎が広げた包みは、手土産の一石屋の饅頭だ。

「慶太の奉公まであと半月だな」

「寂しくなるね、お律さん」

「はい……でもどうしようもありません」

「寂しい、寂しいって、広瀬さんはさっきからそればかり。そういう広瀬さんこそお寂しいんじゃありませんか？」

「だから嫁探しに忙しいと言っているじゃあないか、涼太」

さらりと応えた保次郎の横で、今井がにっこりした。

「良縁をお祈りしていますよ、広瀬さん」

「ありがとうございます、先生」

互いに微笑み合ってから、今井と保次郎が揃って涼太の方を見やる。

「なんですか？　あ、今新しい茶を……」

残り少なくなった茶碗を見て涼太が台所へ降りていくと、今度は二人して小さく苦笑を漏らした。おそらく二人は、涼太の縁談に探りを入れようとしたのだろう。

気付いているのかいないのか。上手く席を外した涼太に律はほっとした。

保次郎の言葉に人恋しさを覚えた律だった。今は涼太の縁談なぞ聞きたくはなく、穏やかな茶のひとときを楽しみたかった。

五

その男が現れたのは、神無月に入って二日目だ。

慶太郎を一石屋に送り出した次の日である。

もとより慶太郎はいない九ツ前だったが、昨夜生まれて初めて一人きりの夜を過ごした律は、朝から心細さを隠せなかった。表は木枯らしが吹いていて、日中でもぴっちり戸締りしているることが寂しさを倍増させている。

「ごめんください」

戸口の向こうから聞こえた声には覚えがない。

「どちらさまでしょう？」

「……日本橋の松井屋《まついや》の、克也という者です」

克也という男にも松井屋という店にも心当たりはなかったが、とりあえず律は引き戸を開いた。

男は律より三寸ほど背が高い。色白で身なりはいいが、どこかのっぺりとした印象だ。

「似面絵をお願いしに来ました」

「あの」

「描いて欲しい女性がいるのです。お律さんは顔を見なくても、お話だけで似面絵が描けるそうですね」

「あ、あの——似面絵はもうやってないんです」

「やってない？」

「もうお引き受けしていないんです。私の本業は上絵ですから」

池見屋の注文のお包《くる》みはもう終えていて、長月末日に届けていたが、いつも通り巾着絵の注文を受けている。

「困ります。お願いします。お代は一枚一朱でしたね。お金はあります。なんなら二朱払ってもいい」

困るのはこっちだ——

二朱という値には心が揺れたが、引き受ければ香に義理が立たぬし、何より今にも足を踏み入れて来そうな克也の勢いに律は怖気づいた。

「他の仕事があるんです。そちらを早く終えないといけないんです」

「じゃあ、その仕事が終わった後でよいです。暇を潰して戻って来ますよ。八ツ頃でいかがでしょう？」

「すみませんが……」

「では七ツでは？」

「今日はずっと忙しいんです」

「ならば明日はいかがです？」

丁寧でも微かな苛立ちを克也の言葉に感じた。

年は律と変わらぬように見える。ぼんぼんと呼ぶほどの洒落者ではないが、日本橋の店の息子なら、金に不自由はしていないのだろう。しかし我の強い克也の熱意は異様に感じた。

人は見かけによらぬと、仇討ちの件で充分に学んでいる。

律が返答に詰まっていると、向かいの長屋の戸が開いて佐久《さく》が顔を覗かせた。

「りっちゃん、どうしたの？」

「それがこの方が……」

「似面絵の注文に来たのです」

「りっちゃんはもう似面絵は描いてないんですよ」

「そこをなんとかお願いしているんですが、融通が利かないったらありゃしない」

呆れ顔の克也に佐久が目を吊り上げたところへ、指南所から今井が戻って来た。

「どうしたんだい？」

「聞いてください、先生。この方が――」

佐久の方が勢い込んで、手短に今井にやり取りを話した。

「お律は上絵の仕事で手が一杯なんですよ」

「ですから、その仕事の後でよいと言っているのです」

今井は一瞬眉をひそめたが、律の方を向いて言った。

「……お律、一枚だけという約束で描くのはどうだ？」

「先生がそう仰るなら……」

「次に上野に行くのは三日後だったね。三日後の八ツに一枚一朱、一度限りというお約束でどうでしょう？」

池見屋に行く日を確かめてから今井が克也に問うと、克也は渋々頷いた。

「三日後の八ツですね」

「これきりですよ。お律は仕事が立て込んでおるのです」

「判りました」

八ツなら今井も帰っているし、涼太や保次郎もいるかもしれないと思うと心強い。

克也が去ってから今井が言った。

「ああいう輩《やから》は逆撫《さかな》でしない方がいい。向こうは身元を明かしているのだし、そう変な振る舞いはしないだろう。もちろん三日後は私も隣りに控えているよ」

――今井が頼んだのだろう。

三日後、八ツ半に偶然を装った涼太が律の家を訪ねて来た。

「お律、饅頭を持って来たから、先生んちで茶でもどうだ？」

「もうあと少しで終わりますから……」

「お客かい？　ん？　似面絵はもうやめたんじゃねぇのかい？」

部屋を覗いて涼太が問う。

「これきりです。そういう約束なんです」

涼太よりも克也に言い聞かせるつもりで律は言った。

「そうかい」

応えながら、律の頭越しに涼太が似面絵と克也を交互に見やる。

「許嫁《いいなずけ》の娘さんだそうです」

克也が描いて欲しいと言ったのは許嫁であった。

律が描いた似面絵を日本橋の娘の一人から見せられ、その出来に驚いた。本人がいなくとも描けるらしいと教えられて、それなら許嫁の絵を描いてもらいたいと思ったそうである。

「こっそり描いてもらって、驚かせたいと思いましてね」

目鼻立ちから身体つき、櫛に簪、着物の柄と細かく口を挟んでくるため、仕上げるのに思ったより時間がかかった。だが、克也の話から描き上がったのはしどけない美女で、似面絵通りだとしたらさぞ自慢だろうと律は思った。

「お許嫁とは……美人ですなぁ、羨ましい。私は表の青陽堂に勤める涼太と申します。よろしければ、のちほど隣りで茶を一杯いかがですか？　お許嫁との馴れ初めでも聞かせてくださいよ」

「ありがたいが、ちと帰りを急ぎますので……」

言葉通り、似面絵が出来上がると代金の一朱を置いて、克也はそそくさと帰って行った。

道具を片付けて今井宅へ行くと、律に茶を勧めながら涼太がにやりとした。

「おいお律、許嫁ってのは、ありゃ嘘だ」

「どうしてそう思うの？」

「あの女――ありゃあ茶屋の看板娘さ」

「ほう、そいつは興味深い」と、今井が涼太を見た。

「回向院《えこういん》の南に弁財天があるでしょう。その近くの江島屋《えじまや》って水茶屋《みずぢゃや》でさぁ。茶も団子も大して旨くねぇんですが、まあ場所柄そこそこ繁盛してるんでさ」

「でも許嫁というのはほんとかもしれないじゃない」

律が言うと涼太は手を振って否定した。

「九分九厘《くぶくりん》ねぇ話さ。あの似面絵は大げさでもなんでもねぇ。江島屋のお京《きょう》にゃ島原美人も敵わねぇっていわれてるほどだからな」

「そのお京という娘は京の出なのかい？」

「いやそれが先生、お京はれっきとした江戸もんなんでさ」

自慢げに涼太が言うのが癇《かん》に障る。

随分お詳しいこと――

内心ちくりと嫌みを言うと、まるで聞こえたかのごとく涼太は急いで菓子を差し出した。

「そういやちょいと一石屋に寄って来たのさ」

紙の上に載っているのは、焼き印が入った見慣れた一石屋の饅頭だ。

「一石屋に？」

「ああ。残念ながら慶太は遣いに出てていなかったんだが、よくやっているとおかみさんは言ってたぜ」

「そう……」

――じゃあ、姉ちゃん、行って来ます――

あっさり言って手を振った慶太郎と別れて、まだ四日しか経っていない。

だが生まれてからずっと、同じ屋根の下で寝起きしてきた弟だ。両親を亡くしてからは慶太郎が律の唯一の家族である。

池見屋に納めたお包みも、慶太郎のことを想いながら描いた。

己にはまだ孫どころか子もいないが、幼子を想う気持ちは知っていると思った。

慶太郎が生まれてきた時、どれほど家族で喜んだことか。幼いながらもこの子の手本となるよう――この子が誇れる姉になろうと決意したものである。乳を飲まない時ははらはらしたし、転んだ時は律の方が先に泣き出したくらいだった。

鶴の絵は半刻とかけずに描き上げた。

ただ描き出すまでが長かった。

授かった新たな命を天に感謝し、これからの無事を祈り続ける――

頭を上向きに、飛びゆく鶴を僅かな線で一息に描いた。

頭頂は赤、嘴《くちばし》は黄色、尾羽は灰色と「ありきたり」だが、ぼかしても深みの残る高価な染料を使い、これらも筆を遊ばせることなく寸時で仕上げた。

あいにく類は留守にしていたが、店にいた番頭と手代からは出来を褒めてもらえた。

「ほんの四日目だもの。あの子もまだ猫をかぶってるのよ」

寂しさを隠して律は言った。

「そんなこと言って、心配なんだろう？　お律もそのうち様子を見て来るといい」

「そんなの駄目よ。次に会うのは藪入《やぶい》りよ」

「何言ってんでぇ。一石屋は目と鼻の先だ。会いたきゃいつでも会いに行けるじゃねぇか」

「それじゃあ兄弟子さんらに示しがつかないわ。涼太さんだっていつも言ってるじゃないの。

一人だけを贔屓はできないって——」

「そりゃあ……なぁ、そう突っかかるなよ。寂しいのは判るが——」

「涼太さんには判らないわ。いつもお店でたくさんの人に囲まれて……」

つい声が震えて律は黙った。

思った以上に一人がこたえているようだ。奉公前に慶太郎とゆっくり過ごせなかった罪悪感もある。一緒に遠出はどうかと思っていたのに、似面絵にかまけていて叶わなかった。

「判るさ」と、少し困った声で涼太は応えた。「慶太は俺にとっても弟……のようなものだからな」

「でも涼太さん、香ちゃんの時はせいせいしたって言ったじゃない」

恥ずかしさを誤魔化すために言いがかりめいたことを律は口にした。

「そりゃあ、お律、香と慶太じゃ比べものにならねぇ。慶太は働きもんだが、香は口うるせぇだけだ」

「ひどいわ。香ちゃんに言いつけてやるから」

そう言うと、ようやく律は笑うことができた。

「勝手にしやがれ。香が機嫌を損ねたところで、こちとら痛くも痒《かゆ》くもねぇさ」

涼太もくすりと笑ったところへ、今井が改めて菓子を勧めた。

「二人ともそれくらいにして、饅頭をお上がり。涼太も涼太だ。どうして十も買って来たんだ？　二つずつ食べてもまだ余るぞ」

「だって先生、三つじゃ恰好がつかねぇでしょう」

照れた笑いを漏らした涼太に、とくっと微かに胸が波打つ。

あまり気を持たせないで欲しい……

もしやと期待してしまうのは、独り暮らしにまだ慣れないせいに違いない。

饅頭を食《は》みながら、気を鎮めようとしたものの上手くいかなかった。

涼太がいなくなっても胸の高鳴りは収まらず、律は残っていた饅頭の包みを手に取った。

「みんなに配ってきますね」

今井宅を出ると冷たい空気が頬に触れ、律はふうっと一息ついた。

「お佐久さん、お饅頭はいかがですか？」

向かいの佐久に声をかけると、引き戸を開いて佐久が左右を見渡した。

「若旦那は？」

「もうお店に戻りました」

「そうかい……ああ、そうそう、りっちゃんに言おうと思ってたんだよ」

取ってつけたように佐久が言った。

「なんでしょう？」

「浅草に新しく、染物のお店ができたんだって」

「浅草……そんなところに染物のお店が？」

「うん。偏屈な職人さんらしいけどね。江戸者好みの粋な反物がいくつもあるらしいよ。だからさ、一度りっちゃんも訪ねてみたらどうかと思ってね。どうだい？　明日ちょいと行ってみないかい？」

「ええ、是非」

「ならよかった。じゃあ、明日の四ツ過ぎに基二郎さんが迎えに来るから」

「えっ？」

てっきり佐久が案内してくれるのだと思っていた。

「染物に詳しい基二郎さんが一緒なら、道中、話も弾むだろうしねぇ」

「あの」

「やっぱりねぇ、いつまでも独り身はよくないよ、りっちゃん。あの客みたいな、変なやつがまた来るかもしれないじゃあないの。慶ちゃんもいないし、女一人じゃ不用心だ。先生がいつも助けてくれるとは限らないもの」

「それは……」

「女はどうしても侮《あなど》られちまうからねぇ。それに長屋暮らしとはいえ、家に一人じゃ寂しいだろう？　井口屋さんならにぎやかだよ」

「お佐久さん。私は井口屋さんに嫁ぐ気はないんです」

きっぱり言ってみたのだが、佐久が動じた様子はない。

「まあまあ、そんなに構えなくてもいいじゃあないの。向こうさんもね、ほんのついでなんだから。気晴らしと思ってさ。りっちゃんも基二郎さんも、寒いからって家にこもってばかりじゃ駄目だよ。それに職人は流行《はやり》ものに明るくないと。——お饅頭ありがとうね。亭主の分も一ついただくよ」

包みから饅頭を二つつまむと、佐久はにこにこしながら律の目の前で引き戸を閉めた。

六

迎え出るのに少し勇気がいった。

「お律さん、どうも朝から……」

遠慮がちに、戸口から一歩離れたところに立っている基二郎は藍鼠色《あいねずいろ》の袷《あわせ》を着ていた。律の袷は素鼠色《すねずみいろ》だ。地味な色合いが互いの身の丈に合っている気がして、律はなんとなくほっとした。

佐久はもう仕事に出た後である。それでも残っている長屋の住人の目を避けたくて、律は足早に基二郎を木戸にうながした。

店先に涼太がいないことを祈りつつ、青陽堂の方は見ずに浅草へ足を向ける。

肌寒いが、陽が出ているから凍えるほどではない。

「……その巾着は甲州印伝ですか？」

「ええ、父の形見なんです」

着飾る必要はないと思って着物は地味な色を選んでみたが、職人の店に行くと思うと多少は見栄を張りたくなる。着物が地味な分、巾着は甲州印伝の細工が見事な父親の形見を持って行くことにした。

簪も迷った末に涼太のくれた千日紅の平打ちを挿した。

母親の形見の菊の簪も既に直って手元にあった。菊の方が季節にはふさわしいが、素鼠の袷には陰気な感じがするし、細工が優れているのは千日紅だ。

「簪も、団子花とは珍しい細工だ」

「若い職人さんが彫ったそうです。季節外れですけど……」

そう思っていただけに、基二郎の言葉は嬉しかった。

見る人が見れば目に留めてもらえる――

「花は終わっちまったけど、千日紅っていわれるくらいだから構わねぇでしょう。細工が凝ってるだけじゃない。その……お律さんにお似合いですよ」

「そ、そうですか……」

小声になった基二郎に律も小声で応えると、基二郎は慌てて付け足した。

「そこらにあるからってんじゃねぇんです。団子花は愛ら――べ、紅色で、まっすぐで足が地についていて……だからその、いい簪だと」

己のことだか花のことだか簪のことだか判らなくなってきたが、褒め言葉だということは伝わった。

「ありがとうございます」

礼を言ったものの、次に何を話したものか律は迷った。

この外出は、佐久とおそらく基二郎の兄の荘一郎が仕組んだことである。

井口屋に――基二郎に――嫁ぐ気は律にはないのだが、それを基二郎に伝えたものか。

しばらく黙っていると、基二郎の方から話しかけてきた。

「弟さんは奉公に出たそうですね」

「ええ。一石屋というお菓子屋に。上絵師じゃなくて、菓子職人になりたいそうです」

「上の出来がいいと、下は違うことをしたくなるもんです」

「だから基二郎さんは染物を?」

「俺には兄貴みたいな商売の才はねぇですからね。裏方の方が性に合っているんです。兄貴には感謝してます。京に行かせてもらったり、店で染めさせてもらったり……兄貴と違って好き勝手させてもらってばかりで」

頬を掻く基二郎は、独り立ちできない己を恥じているようだ。

「でも基二郎さんの染めた糸は評判じゃないですか。雪永さんも褒めていらしたわ。ほらあの、舛花色《ますはないろ》の着物も――」

「ああ、でも布はやっぱり糸とは違いやす。もう少し道具を揃えたいんですが、そう無理をいえる身じゃねぇですから」

案内された染物屋は、浅草寺《せんそうじ》から少し東の六軒町《ろつけんちよう》にあった。一軒家――というより小屋に近い建物で、隅田川に面している。表には青鈍に染められた布が陰干しされているものの看板などは見当たらない。

「泰造《たいぞう》さん」

「基二郎か。へぇんな」

太い男の声が応えた。

引き戸を開くと、中にも黒い布が吊るされていてその裏から人の気配がした。

「頼まれた藍を持って来ました」

「おう、ちっと待ってくれ。今、払うからよ」

「お代は結構ですよ」

「ふん。ただより高ぇもんはねぇ。越後屋じゃあねぇがうちも現金掛値なしだ」

布の向こうから顔を覗かせた泰造が、律に気付いて基二郎に顎をしゃくった。

「俺が頼んだのは、花田屋《はなだや》の藍で女子《おなご》じゃねぇぞ」

「藍はここに。ちゃんと花田屋で分けてもらいましたよ。こちらは上絵師のお律さんです」

道中の話で、基二郎が泰造と顔見知りなのは教えられていた。泰造は神田の紺屋《こんや》・たでやの元主だという。一年前に店を息子に譲り隠居したものの、暇が高じて、好きな浅草で染物をすることにしたというのである。

基二郎が持って来た小壺の包みを受け取ると、泰造はしげしげと律を見やった。

「上絵師ねぇ……」

あからさまに疑わしげな目を向けられて、律は返答に困った。

見本は家にいくらでもあるが、思えば己で描いた巾着や着物は持っていない。「律と申します」と短く応えるだけに留めると、横から基二郎が言った。

「上野の池見屋に、巾着絵などを納めているんです」

「ほう。お類さんとこにねぇ」

半信半疑といったところだが、己を見る目が変わったのを感じた。

認められているのは類であって、己ではないと判っているものの、そんな類から仕事をもらえていることは誇りにしてもいいだろう。

「少し、見せてもらってもいいですか？」

基二郎が訊ねると、泰造は「面倒くせぇな」と言いつつも、あがりがまちに桐の箱を持って来た。

反物が二本。葡萄鼠《ぶどうねずみ》と御納戸茶《おなんどちゃ》と、どちらも濃厚な色合いだ。染物は濃い色ほど手間がかかる。土間に吊るされている黒もいわゆる「上黒《じょうぐろ》」の類《たぐい》で、何度も入念に染められているものだ。隠居の道楽だから足が出なければいいらしいが、たった二本とはいえ、これらには高値がつくに違いなかった。

「これは三度じゃ効かないでしょう」

御納戸茶の反物を指して基二郎が言った。

「さぁな」

「刈安《かりやす》だけで二度？」

「さぁな」

偏屈といわれるだけある泰造だが、無愛想とはまた違う。笑顔ではないがどことなく基二郎をからかっているふしがある。

「まあいいですや。――表の青鈍《あおにび》はたでやの藍で仕上げたんですね。下染めに使った椎柴《しいしば》が残っていたら少し分けてもらえませんか？」

「大人しい顔してずうずうしいな、てめぇは」

「すみません。お代はお支払いしますから」

「いらねぇよ。手間賃代わりにくれてやらぁ。いくらなんでも、うちのもんに花田屋に行けとは言えねぇからよ」

藍ならたでやからいくらでも手に入るのに、此度《こたび》は同業の花田屋の藍が欲しかったのだという。次は絞りを染めるらしく、畳の上には絞りを施しかけた布が広がっていた。

長居はせずに辞去すると、基二郎がすまなそうに言った。

「染料に使えるような染め汁が残ってないかと思ったんですが、泰造さんは、今は絞りの仕込みに余念がないようで」

「私のことならいいんですよ。いい反物が見られました。あんなに——深い色になるなんて」

「泰造さんはもとを見る目がありますから。この椎柴も綺麗なもんだけを、ちゃあんと選《よ》り分けてある……」

小脇に抱えた椎柴の包みを見やって嬉しげな笑みを基二郎は漏らした。

「少ししかないのでこいつで染めるのは薄茶の糸になりますが、その後でよければ、煮詰めてお届けしましょうか……？」

「まあ。でもそれじゃあお手間がかかるから、私が煮汁を取りに伺います」

「なんの。うちじゃあ一日火を入れてますから、大した手間じゃありません。それに煮汁を持ってくとなると、お律さんには大ごとでさ」

「そんなことありません。上絵は力持ちじゃないとできませんから。蒸すのもすすぐのも力がいるんです」

律が言うと、基二郎は今度は律を見て「違《ちげ》ぇねぇ」と微笑んだ。

つい和んだ己に戸惑う律へ、おもむろに基二郎が言った。

「お律さんは、その……身を固める気はねぇんでしょう？」

「それは」

「少なくとも、俺に気がねぇことくらい判ります」

「その、基二郎さんのことは、長屋のお佐久さんが」

「うちの兄貴もでさ。世話好きで困っちまいます」

小さく肩をすくめて基二郎は続けた。

「だから俺を気遣ってくれることたないんですよ。池見屋さんの仕事で忙しいでしょうに、わざわざ浅草まで」

「気遣いなんて……おとっつぁんが亡くなってから、なんだかずっとばたばたしてて……身を固める気がないのは本当ですけど、基二郎さんの腕を褒めたのは嘘じゃないです」

「そいつはありがてぇ。雪永さんもだけど、職人に褒められるのはやっぱり嬉しいもんです。上絵師なら尚更だ。久丸の隠居が頼んだってお包み、俺も見ましたよ。おととい雪永さんと一緒に池見屋に行ったんです。いい出来でした」

言葉は月並みでも本気の賞賛を感じて、律は喜びを隠せなかった。

「ありがとうございます」

はにかんで礼を言った律を、女の声が呼び止めた。

七

「お律さんじゃないですか」

声の主は綾乃であった。

思わず目を見張った律の前へ、通りの向こうにいた綾乃が人の合間を縫ってやって来た。

律と基二郎を交互に見やってから言う。

「お連れさまがいらしたとは……お邪魔でしたかしら？」

「い、いえ、そんな」

動揺した律の横で、基二郎が小さく頭を下げた。

「井口屋の基二郎といいます」

「井口屋？」

「神田岩本町の糸屋です。私はそこで糸を染めていて……今日は知り合いの染物屋を訪ねて浅草に来たんです。染料のことをいろいろ訊きたかったんで……お律さんも私も染料にはちょいとうるさい職人ですからね。その、上方に負けないよう、江戸の職人は仲間同士助け合わなきゃいけません」

少しつかえながらも丁寧に基二郎は綾乃に言った。

「この辺りに染物屋なんてあったかしら？」

「六軒町の店です。看板は出ていませんが、おやじの名が泰造ってんで、店もそう呼ばれています」

「ああ、あの偏屈な……」

言いかけた綾乃を少し離れたところから呼ぶ声がした。

「あらもう来ちゃったわ。どうもお邪魔さまでした。後はごゆっくり」

にっこり微笑んでそれだけ言うと、綾乃はさっさと友人らしき女のもとへ歩いて行く。

誤解された――

綾乃が去っても律の動揺は収まらない。

今日のことは、遅かれ早かれ綾乃から涼太に伝わるだろう。

何もやましいことはないのだが、知られて困ると思うのは、己の心が涼太にあるからだと律も判っていた。なんだかんだ言い訳しても、涼太のことが諦められずにいるのである。

涼太さんが簪なんかくれるから……

八つ当たりめいたことを考えながら、頭上の簪を意識した。

「あ、あの人は尾上《おのうえ》って料亭の娘さんなんです。そのぅ、知り合いの知り合いで……」

去って行った綾乃の簪はなんだったのか、今になって気になった。

「なんだかせっかちな娘さんでしたね」

微苦笑を漏らしてから基二郎は続けた。

「ちょいとそこらで昼飯でもどうかと思ったんですが、こいつを早く煎じてみたくなりました。お律さんも池見屋の仕事がおありでしょう。でもまあ、あの、これも何かのご縁ですから……職人仲間としてこれからも一つよろしくお願いしやす」

「え、ああ、こちらこそ――」

もしや佐久から涼太のことを聞いているのだろうか？

そうでなくとも、基二郎は律のぎこちなさを察してくれたようである。

当たり障りのない話をしながら神田川沿いを戻り、和泉橋の袂《たもと》で基二郎と別れた。

長屋の木戸をくぐって家へ足を向けると、たどり着く前に今井宅から香が顔を出す。

「りっちゃん！」

戸口で仁王立ちして香は律を睨んだ。

「出かけてたそうね――基二郎さんと」

「そ、それは浅草に新しい染物屋さんができて……」

「お香。寒いんだから早く戸を閉めておくれ」

今井に言われて、つんとしながらも香は律を中へうながす。

「早かったね、お律」

「ええ。お互い仕事がありますから、お昼も食べずに戻って来ました」

「まあ、それならちょうどよかったわ！　りっちゃん、回向院に行きましょうよ」

予想に反して香が顔を輝かせたので律は面食らった。

「回向院に——今から？」

「そうよ。ううん、行くのは回向院じゃなくて弁財天《べんざいてん》よ。江島屋でしたね、先生？」

律が留守の間に今井から昨日の話を聞いたのだろう。昼餉のついでに、看板娘のお京を見に行こうというのである。

「ああ……まあ、じゃあ、行っておいで」

苦笑する今井に見送られ、腰を落ち着ける間もなく律は再び長屋を出た。

つい先ほど基二郎と歩いて来た川沿いを、今度は香と並んで歩く。

香が訪ねて来たのは、涼太から克也のことを聞いていたからであった。直接は知らないが顔は見知っているという。

「誰が教えたのか知らないけど、私が似面絵を頼んだから……りっちゃんの絵が噂になるのはいいと思ったけど、こんなのは迷惑だったわね。ごめんね、りっちゃん」

香なりに律を案じて様子を見に来たようだ。

「平気よ。先生や涼太さんも気にかけてくれたから——」

「でも、基二郎さんのことは話が別よ。どういうことなのか聞かせてちょうだい」

このこともあって律を今井宅から連れ出したらしい。

今日は仕事は諦めて、香とのひとときを楽しむことにした。それに涼太が褒めちぎった看板娘とやらを、律も間近で見てみたい。

道中、あれやこれやと詮索されたが、隠し立てするようなことは何もない。しかし基二郎のことは話せても、綾乃に出会ったことはどうにも言い出せなかった。

柳橋《やなぎばし》、両国橋《りょうごくばし》、一之橋《いちのはし》と、橋を三本渡った頃には既に八ツに近かった。朝餉《あさげ》を食べたきりの律は腹ぺこである。弁財天は後で参ることにして江島屋へ急いだ。

江島屋は小屋は小さいが縁台が八つもあった。こい屋と違って、男客が多いのは看板娘が目当てだろう。娘は二人いたが、どちらが京かはすぐに判った。

克也が言った通り、己が描いた通りの美人である。

「気が強そうね。でも美人だわ」

団子を片手に香が囁く。

たおやかではなく勝気な感じが江戸者らしい。まだ十七、八だと思われるが律よりずっと色気があった。きびきびとした働きぶりで、少し蓮っ葉な言葉使いにもかかわらず、こぼれるような笑顔を絶やさぬ様は看板娘にふさわしい。

もう一人の娘も器量よしだが、京が目当ての客が多いのは明らかだった。

「お京ちゃん、団子のお代わりを頼むよ」と、向かいの縁台にいた男が言った。

「食べ過ぎですよ、藤吉《とうきち》さん。夕餉が入らなくなっちゃいますよ」

「駄目ですよぅ。おかみさんにここでの無駄遣いがばれたら困るじゃあないですか……」

困ると言いながら、京はさっと小屋から新しい串を持ってきて男に手渡す。

京の客あしらいに感心しながら、こういう娘なら商家の妻として重宝されるだろうと、律はぼんやり青陽堂を思い浮かべた。

――団子をそれぞれ二串ずつ食べてから、律たちは腰を上げた。

「お茶もお団子もいまいちだったわね」

そう言いつつも、おしゃべりと甘味に満足したのか機嫌を直した香である。

腹ごなしを兼ねて弁財天へ行くと、社《やしろ》の右に南天《なんてん》が植わっていた。枝ぶりと緑の葉、赤い実がほどよく絵になっていて、律は無意識に巾着から矢立を取り出した。

丸めていた紙を伸ばして筆を取り出し、筆先を舐めたところで香がいたのを思い出した。

「香ちゃん、少し待っててくれる。すぐに描いちゃうから――」

振り向いた律の手元を見て、香がにんまりとした。

「お兄ちゃんの筆じゃあないの」

しまったと思ったが、時既に遅しである。

「りっちゃん、やっぱり――」

「違うのよ。この矢立は小さいから、この筆がちょうどよくて……」

「知らない、知らない、言い訳なんか聞かないわ」

歌うように言って、香は子供のように両耳を手でふさぐ。

もう――

にやにやする香へ背を向けて、律は南天を手早く描いた。

「……覚えてるわ。りっちゃんの筆が川に流されちゃって、お兄ちゃんが自分の筆を渡したことがあったわね。あれはいつだったかしら?」

「香ちゃん、待たせてごめんなさい。さ、行きましょ」

「あの時お兄ちゃん、家では筆を失くしたって嘘ついたのよ。りっちゃんにあげたことは黙ってろって口止めされたんだったわ……」

ふふふ、と含み笑いを漏らす香を半ば引っ張るようにして鳥居を出た。

と、少し先の大樹に佇む男が一人、目に入る。

克也《かつや》であった。

大樹の先にあるのは江島屋だ。

「香ちゃん、ちょっと静かに」

「何よ、りっちゃん、恥ずかしがらなくてもいいじゃない――」

「だってあそこに克也さんが。お京さんに会いに来たのかしら」

克也をそっと指差すと、流石に香も黙った。

京を目で追っているからか、克也は律たちには気付いていない。

ちらりと克也の方を見てから、今度は香が律を引っ張って江島屋を避けた。

克也と江島屋から充分に離れてから香が言った。

「あの人は違うわ」

「違うって何が？」

「あの男の人は、松井屋の克也さんとは別人よ」

八

四日後、保次郎が持って来た瓦版《かわらばん》を見て、律たちは一斉に息を呑んだ。

京が殺されたというのである。

「広瀬さん、こいつは――」

「江島屋のお京だよ。なんだ涼太、知らないのかい？」

「知ってまさ。だが殺されたってぇのは、いってぇどういうことなんで？」

「そりゃ、こっちが聞きたいよ」

月番ではない保次郎は、今日は本を届けるついでに今井宅を訪ねて来たのだ。

瓦版によると、京は弁財天より少し東の六間堀《ろっけんぼり》沿いで首を絞められて殺されたようだ。死体が見つかったのは一昨晩で、痴情のもつれが原因らしいと書かれてあった。

「広瀬さん、先日、日本橋の男がお律に似面絵を頼みに来たって言ったでしょう?」

「ああ、ちょっと面倒なやつだと……」

「そいつがお律に描かせたのがお京だったんですよ」

「なんだと?」

保次郎の顔が険しくなった。

「北町の調べでは、一人しつこい客がいたと江島屋の夫婦が言ってるそうなんだ。おとといもそいつが夕刻に訪ねて来て、お京に絡んでいたと」

「似面絵を注文したのは福島町、松井屋の克也って野郎です」

涼太が言うのへ、律は慌てて口を挟んだ。

「それが違う人だったんです」

「なんだと?」と、今度は涼太が言った。

涼太と今井、保次郎が眉をひそめる中、律は香と江島屋へ行った時のことを話した。

「松井屋の克也さんの顔を香ちゃんは見知っていて、でもあの人は違う人だと——」

「なんでもっと早く言わねぇんだ」

「だって……」

呆れ顔の涼太に律は珍しく頬を膨らませた。

克也が別人だったのは律も大いに怪しいと思ったのだが、あの後、香は克也のことはすぐ忘れ、涼太の筆のことに執心して律を困らせたのだ。

「まあ涼太、あの日はお律は朝から忙しかったんだ。お香と出かけるのも久しぶりだったから、二人とも積もる話があったんだろう」

「香のやつ。あいつはほんとおしゃべりだからな。それに野次馬根性もいい加減にしろってんだ。お律を連れてわざわざ江島屋まで行くたぁ――」

「だが、お香が野次馬じゃなかったら、いらぬ嫌疑が松井屋にかかっていたぞ」

今井に言われて涼太は渋々黙った。

「お律さん、急ですまないが」

「似面絵ですね。筆を取ってきます」

克也――偽者だが――の顔は三度見ている。

思い出しながら目や鼻を描き出していると、涼太が口を開いた。

「鼻のここんとこに小さなほくろがあったぞ」

「そういえば……」

「唇は心持ち左端が上がってた」

涼太の言う通りに直していくと、己の記憶がいかに曖昧《あいまい》だったかが判る。

「涼太さんは一度見ただけなのに……やっぱりすごいわ」

「うむ、本当に涼太は人相をよく覚えているよ。しかしお律さん、この男は特別だよ――なぁ、涼太？」

「そうなの、涼太さん？」

「そりゃそうだよ」と応えたのは保次郎だ。「白昼とはいえ、独り身のお律さんのところへ乗り込んでくるような男だ。涼太が覚えていない筈がないじゃあないか」

くすりと笑った保次郎へ、涼太がしかめ面を向けた。

「広瀬さん、早いとこその似面絵を北町の方々に届けた方がいいんじゃねぇですか？　北町に恩を売る絶好の機じゃねぇですか」

「おお、そうだな。野暮はこれくらいにして、私は涼太の言う通り、ちょいと北町に恩を売りに行くとしようか」

おどけて応えた保次郎だが、すぐに顔を引き締めて早足で出て行った。

残された律たちは改めて瓦版を読んでみた。

「あの娘さんが、殺されてしまっただなんて」

「ああ。しかし一体あいつは誰なんだ？　松井屋じゃなくても日本橋の野郎じゃねぇかと思うんだが……ねぇ先生？」

「そうだな。松井屋に克也という男がいるのは間違いないようだし、だが、お香は男に見覚えがなかったんだね？」

「ええ、ただ香ちゃんの知ってる人とは違うって」

「お律の描いた似面絵を知っていたんだ。日本橋の者――松井屋に出入りしている者じゃないかと私は思うがね」

「俺もそう思いまさ」

「まあ、お奉行所にぬかりはないよ。広瀬さんから話を聞けば、その辺りもちゃんと調べるだろう」

「そう願いまさ」

やりきれぬようにつぶやいてから、涼太は律を見やって言った。

「今は日が短ぇからな。お律も夕刻にふらふらすんじゃねぇぞ」

「夕刻じゃなくてもふらふらなんてしてないわ」

「――よく知らねぇ男にもほいほいついて行くんじゃねぇ」

「そんなこと」

言いかけてはたとした。

よく知らない男の人ってもしかして、基二郎さんのことかしら……？

涼太の言葉には気遣いとは別の――嫉妬めいたものが確かにあった。

「子供じゃあないんだから……」

つぶやくように応えた律は、胸が微かに浮き立つのを感じた。

九

翌日、律は意外な者から似面絵の注文を受けた。

青陽堂の女将の佐和である。

昼餉の後に一服しようとして、茶葉が切れていたことを思い出した。青陽堂へ赴いていつも通り一番安い茶を頼んだところへ、佐和に話しかけられたのだ。

「香はもう似面絵はおしまいだと言ってましたが、お律さんが手隙《てすき》の時でいいので、一枚お願いできないでしょうか？」

「ええそれはもちろん……」

「いつがよろしいですか？」

「四日後に池見屋さんに行くので、四日後の昼からか、お急ぎなら今日にでも」

「急ぎではありませんが、それなら今日お願いします。四日後は野暮用がありますから」

と、とんとん拍子に話が決まる。

一旦家に戻り、今更だが少しだけ身だしなみを整えた。

それから道具を持って青陽堂に戻ると、佐和自らが座敷に案内してくれた。

来客用の座敷に足を踏み入れるのは初めてだ。涼太や香が使っていた部屋なら、子供の頃によく訪れた。しかしそれはもう十年も前の話で、涼太が店で働き始めてからは数えるほどしか訪ねていない。

火鉢には既に火が入っていて、部屋はほどよく温まっていた。火鉢にかかっていた鉄瓶を取り上げ、慣れた手つきで佐和が茶を淹れる。

「どうぞ。日頃涼太のお茶を飲んでいるあなたには、物足りないかもしれませんがね。抹茶は今一つだけど、煎茶は涼太の方が夫よりも上手いくらいなんですよ」

「いただきます」

用意された文机の上には数枚のまっさらな紙が載っている。

「描いていただきたいのは先代なのです」

「先代というと――」

「私の父です。亡くなってもう十五年になります。あなたたちはまだ小さかったから、あまり覚えてないでしょう」

「ええ、まあ……」

「私も四十路よりも五十路《いそじ》が近い年になりました。思い出せるうちに父の顔をもう一度見たくなりましてね」

佐和は今井と同い年だから今年四十六歳、あと二月半もすれば四十七歳だ。常に落ち着いて堂々と店を切り盛りしている佐和は、細身でも同じ年頃の女よりずっと若く見える。ゆえに香から似面絵のことを聞いた時は佐和自身のものだと疑わなかったが、おそらく初めから父親のものを頼むつもりだったのだろう。

涼太が出かけているのは茶葉を買いに行く前から知っていた。今日は父親の清次郎と共に昼餉を兼ねた茶会に行き、そののち伏野屋に寄って来ると今井宅で言っていたからだ。

店のざわめきは低く伝わってくるものの、家の方はしんとしている。佐和と二人きりの座敷なのだが、思ったほどの緊張はなかった。

下描きには己の持って来た安い紙を使い、佐和に父親の顔について訊ねた。

「私とちょうど二十違いましたから、亡くなった時でまだ五十一でした。隠居してたった一年。人の命は判らぬものです」

詳しくは知らないが、先代の宇兵衛《うへえ》は深川で小火《ぼや》騒ぎに巻き込まれ、友人の孫をかばって死したと聞いている。

「眉間の皺もそうだけど、目じりと口元の皺も深かった。怒ったり笑ったり、内でも外でも忙しい人でした」

それは女将さんも同じ——

店の者には厳しいが、客には礼節と笑顔をもって接している。そんな佐和の眉間にはうっすらと、目じりと口元にはそれと判る皺が既に刻まれていた。

「おでこは広めで、こう、眉がきりっと。目は大きい方だったけど、笑うとすごく細くなったわ。年のせいか顎がちょっとだけたるんでて……」

佐和が言うままに顔貌を描き出していくと、ぼんやりと一つの顔が頭に浮かんだ。幼き頃に幾度か見たことのある宇兵衛の顔が、少しずつ律にも思い出されてきた。

と同時に、宇兵衛が生きていた頃――己や香、涼太が六つや七つだった頃の記憶も呼び戻される。

不思議なことに涼太も香も今とあまり変わらない。言葉や知恵は幼くても、涼太は昔から年上ぶっていたし、香は利発で明るく、引っ込み思案だった律を連れ回した。

筆を失くした時だって……

――りっちゃん、あそこになにかいる――

――香、あれはよしきりだ――

――わたし、ちょっとかいてくれね。香ちゃん、涼ちゃん、待っててくれる?――

――りっちゃん、香も……あんまし川に近づくなよ――

香は律の隣りでしばらくじっとしていたが、別の鳥を見かけて腰を浮かせた。その拍子に葦切《よしきり》が飛び立ち、とっさに手を伸ばした律は筆を落としたのだった。

――りっちゃん、だめだ! あぶない――

流されていく筆を追おうとした律を涼太が止めた。

――でも、ふでが――

――……おれのと、取りかえっこしたことにすりゃあいい――

――それじゃ、涼ちゃんは？――

――おれはまたあたらしいのを買ってもらうさ。香、おまえはだまってろよ。こうなったのはおまえの「せき」でもあるんだから――

「……覚えています。先代のこと……夕方、私たちが戻って来ると、よく店先で迎えてくれました。『お帰り』って一声だけでしたけど、優しい声でした」

「あなたたちはいつも一緒でしたからね。香は子供の頃からおしゃべりで――母もそうだったからあの子は母に似たんでしょう。よく通る声だから、香の声が聞こえてくると父が言ったもんです。『三人組が帰って来たぞ』……」

描き上げた似面絵の宇兵衛は目を細めていないが、口元には微かな笑みを含ませた。

出来はどうかと窺った律へ、佐和は丁寧に頭を下げた。

「ありがとうございました」

短い言葉だが充分だった。

顔を上げて今一度似面絵を見やってから、佐和はおもむろに切り出した。

「香も嫁いで二年が過ぎたし、いつまでも『三人組』ではないでしょうが、香も涼太も変わらずお律さんのお世話になっていますね」

「いえ、そんな」

「そんなお律さんを見込んで一つ頼みがあります」

涼太さんの縁談のことかしら？

いつまでも「三人組」ではいられないから、ここらで身を引けと……

仕方がないと思った。

でも。

それでも、私が涼太さんを好きなのは変わらない――

心を備えて律は佐和の次の言葉を待った。

「――私が店を任されたのは三十路になる少し前でしたが、それは私が女で二人の幼子がいたからです。涼太は男ですし、私も父よりは長く隠居暮らしを楽しみたいので、そう遠くないうちに店を譲りたいと思っています」

「さようで……」

「しかし、涼太はまだ帳場も仕切れておらず、店を継がせるには今少し時がかかるでしょう。半人前の分際では嫁取りも控えるべきだと私は思っておりますし、店を任せられるようになるまであの子を甘やかしたくありません。ですから私の隠居話はくれぐれも内密に。お律さんには、あの子が浮ついた真似をしないよう見守ってやって欲しいのです」

「それは」

内密にと言うならば、何ゆえ己に明かすのだろう？

「大したことではないのです。これまで通り親しくさせてもらえれば。無論、お律さんがいずれかへお嫁に行かれたらその限りではありませんが」

「……私はどこにも嫁ぎません」

己の意思の確認も込めて律は言った。

「まだそうなんですか？」

「まだそうです。父が亡くなって、慶太郎が奉公に出て、一人暮らしは寂しいですけど、今は仕事も上手くいっておりますし――」

佐和の口元に微苦笑が浮かんだ。

「そういうことなら余計なことを言いましたね。――こちらは似面絵の代金と、心付け代わりのお茶です。筒ごとお納めください」

懐紙に包んだものの他、小ぶりの茶筒を一つ佐和が差し出した。

「お心遣い、ありがとうございます」

茶筒は銅で揃った槌目《つちめ》の模様が美しい。この茶筒だけで似面絵の倍――二朱は下らぬだろうと思われた。

「玉露です。淹れるのにこつがいりますから、涼太に頼むとよいでしょう」

「え――あ、はい」

「お忙しいところ、お呼び立てしてすみませんでしたね」

佐和に見送られて長屋の木戸をくぐると、勝と鉢合わせた。

「あ、よかった、りっちゃん。今、青陽堂に行こうと思ってたんだよ。この人がなんだか急ぎの用なんだって」

勝の後ろで前掛けをかけた男が一人、ぺこりと頭を下げる。

「笹屋《ささや》の伝助《でんすけ》といいやす。今、店に池見屋の女将さんがいらしてて、お律さんを急いで呼んで来いと。店はこの先七町ほどの新黒門町になりやすが――」

「お類さんが？」

何ごとかと、律は道具の入った風呂敷を勝に預けて、伝助について再び木戸を出た。

十

伏野屋の店先で「香に少し話が」と尚介に告げると、尚介自らが奥に通してくれた。

涼太は今日は父親の清次郎と共に元大工町《もとだいくちょう》での茶会に招かれたのだが、茶の儀を終えたのちに、涼太だけが銀座町の伏野屋へやって来た。義父が行くと店主の尚介が気を遣うだろうと、清次郎ははなから遠慮していた。

茶を手土産に挨拶がてらに寄ったふりをして、少し香を諌《いさ》めてやろうという心積もりが涼太にはある。

「なんなのよ、もう」

姑の峰が出かけているのをいいことに、くつろいでいた香は露骨に口を尖らせた。

「お茶が飲みたければ、勝手に淹れてくださいな」

「これ、お香」と尚介はたしなめたが、これは形ばかりであった。香がこんなぞんざいな口を利くのは気心の知れた者のみだと尚介も心得ている。

「じゃあ私は店に戻るよ。涼太、ゆっくりしてっておくれ」

にっこり笑って尚介は店に戻って行った。

「あんまりゆっくりされちゃ困るわ」

「こっちも長居する気はねぇさ」

「話って何よ？　どうせりっちゃんのことでしょう？」

ふふんと笑って香は茶櫃《ちゃびつ》を顎でしゃくった。ゆっくりするなと言いながら、一杯くらいは茶を淹れろということらしい。

「お京のことだ。面白がってわざわざ弁財天まで見に行くなんざ、伏野屋のおかみがすることじゃねぇ」

長火鉢にかかってる湯を確かめながら涼太は言った。

「だってお兄ちゃんが言い出したことじゃあないの。――江島屋のお京は島原美人も敵わねぇって」

「あれは噂で、俺が言い出したことじゃねぇ」

「でも好きな人がにやけた顔でそんなこと言ったら、女としては気になるものよ。だからりっちゃんも私の誘いにすぐに乗ってくれたんだわ」

にやけていた——だろうか？

「……お京は殺されたんだぞ」

「聞いたわ。それでりっちゃんちに行こうと思ったんだけど、そう何度も仕事の邪魔しちゃ悪いから、次に池見屋に行く日まで待とうと思ったのよ」

「お前にしちゃあよい心掛けだが、お前たちの見た男が下手人じゃねぇかと俺たちは疑ってるんだ。松井屋のもんじゃなかったそうだな？」

「松井屋の克也さんはもう少し男前よ。でもそれを鼻にかけてるから、花街の女にしかもてないのよ」

「克也はどうでもいいんだが、江島屋は水茶屋だが色茶屋みてぇなもんだ。ああいう男ばかし集まるところに女だけで出向いて行くのは危ねぇ」

「そんなの先に教えてくれなきゃ判んないわ。言いがかりはよしてよ。ああいう男の人ばかりのところでりっちゃんが見初《みそ》められたら、お兄ちゃんが困るものね」

言いがかりなのは判っていたが、香にそれを認めるのは癪である。

「笑いごとじゃねぇぞ、香。現にお京は客にしつこくされてたって話だ。大体あいつが騙《かた》りだって判ったのに、どうしてお律は何も言わなかったんだ？　お前が口止めしたのか？」

「まさか。それどころじゃなかったのよ。あの時は筆のことで――」

「筆？」

涼太が眉根を寄せると、しばし思案してから香はにやりとした。

「そのことは後でりっちゃんに訊くといいわ。それよりあの日、りっちゃんは基二郎さんと浅草に行ったのよ？　江島屋よりもそっちの方が大事でしょ？」

「基二郎と浅草に？　なんでまた……」

「あら、私はてっきりお兄ちゃんは、今日はその話をしに来たのかと思ったわ」

にんまりしつつ、香が淹れたての茶に口をつける。

「どういうことだ、香？」

風向きが変わってきたことに戸惑いながら、涼太は問うた。

もったいぶりながら香が、律と基二郎が一緒に浅草の染物屋を訪ねたことを話す。

「――それはつまり、基二郎がいうように、職人仲間ってことなんだろう」

己に言い聞かせるように口にすると、香は「ふうん」と小莫迦にした笑みを浮かべた。

「今はそうかもしれないけど、基二郎さんを侮らない方がいいわ。顔はお兄ちゃんに負けるけど、男は顔じゃないもの。女も年増になるとそういう良さが判ってくるのよ」

何を物知り顔で――と思ったが、口にしないだけの分別は残っていた。

「大体、お兄ちゃんがいけないのよ。りっちゃんが好きならちゃんとそう言わないと。お兄ちゃんはりっちゃんと一緒になる気がないの？」

ずばり言われて面食らったが、相手が香では誤魔化せないと腹をくくった。

「俺はその気だ。娶《めと》るのはお律ともう十年も前から決めてらぁ」

「私に言ったところでなんにもならないわ」

小さく鼻を鳴らして香が呆れる。

「そんなこたこっちも百も承知だ。帳場の見習いが終わったら――あと一年もあれば……」

「半人前が嫁取りなんて――って、母さまは言ってるものね。でも、そんな悠長に構えてて鳶《とんび》に油揚げさらわれてもいいの？　そもそも、大の男がいつまでも母さまの言いなりなんておかしいわ」

言いなり――というほどでもないだろう、と涼太は思った。

それに店では母さまではなく女将さんなんだが――

しかし、いまや目を吊り上げた香に言い返すのは得策ではないと、涼太は過去の経験から学んでいる。また、こと律に関しては、香の言うことは的を射ていることが多かった。

「あと一年なら今だっていいじゃあないの。店を継がなきゃ求婚できないなんて、お兄ちゃんのつまらない見栄じゃない。しかもりっちゃんの気を引くために、綾乃さんに気があるように見せかけるなんて姑息《こそく》だわ」

「そいつぁ誤解だ。綾乃さんとは何もねぇし、気があるふりをしたこともねぇ」

「でも綾乃さんがお兄ちゃんに気があるのは知ってるわよね？」

「それは……」

「言っとくけど、ここらではっきりした方がいいわ。お兄ちゃんがはっきりしないから、りっちゃんは簪だって、綾乃さんのついでだと思ってるわ」

「なんだそりゃ」

「代わりの簪だなんて、御託《ごたく》を並べてるからそういうことになるのよ。団子花っていうのもまだるっこいわ。ううん、団子花が悪いんじゃないわ。団子花は紅色でまっすぐで足が地についているのがいいと、基二郎さんも言ってたみたいだし」

「基二郎がそんなことを？」

団子花にかけて律を褒めているのは明白だ。

待て。

「俺がやったのは千日紅の簪だ」

「だから団子花でしょ」

一瞬、「団子花」の簪を基二郎が別に贈ったのかと思ったが、違ったようだ。

「……千日紅ってのは団子花のことか」

「呆れた」と、目を丸くして香が言った。「お兄ちゃん、時々、間抜けなのよ」

間抜けといわれても仕方がない。百日紅が花木だから千日紅もそうだと思い込んでいたのだ。木蓮《もくれん》のごとく上向きに咲く、だが小さく可憐な花を想像していた。

道理で「懐かしい」訳だ。

団子花なら神田川沿いによく咲いている。

咲いている――筈だ。

川沿いで足を止めることなぞ絶えてなかったと、涼太はこの十年を思い返した。

十二歳になって店の手伝いを始めるまでは、指南所が終わってから夕刻までたっぷり外で遊んだものだ。指南所に来る子供らとつるむこともあったが、律と香が仲良しだったから、町の外や川べりに二人が行きたがる時は涼太も決まってついて行った。

親に言われたからというよりも、妹と好きな女を守りたいという気持ちがあった。

――そうだ。

俺はあの頃からずっとお律が好きだった……

「何も今すぐ身を固めろってんじゃないわ。でも待たせるつもりなら、ちゃんとお兄ちゃんの口から言わないと、りっちゃんを惑わせるばかりだわ。男は得てして気が利かないし、女は気を回し過ぎるきらいがあるから……」

香にしてはまともなことを言うと思ったものの、賞賛は控えた。

代わりに茶碗を置いて涼太は立ち上がった。

「帰る」

「お兄ちゃん？」

「帰ってお律と話をするさ」

「そうこなくちゃ！」

十一

打って変わって機嫌を直した香を置いて、涼太は急ぎ相生町に戻った。

既に七ツを過ぎていて、辺りは暗くなりつつある。

寒いからか長屋の各戸は閉まっていたが、それぞれ夕餉の支度で賑々《にぎにぎ》しい。

だが律の家はひっそりとしていた。

「お律？」

呼んでみると、律の代わりに隣りの今井が顔を出した。

「お律は留守にしているようだよ」

「留守って、どこへ行ったんで？」

「さあ？　私が戻った時には既にいなかったからなぁ。湯屋にしては長過ぎるし……」

と、更に隣りの戸が開いて勝が顔を覗かせた。

「りっちゃんなら、半刻ほど前に、誰か男の人に呼ばれて行きましたよ」

「男ってのは、その、お律の知り合いで？」

とっさに基二郎かと思ったが、基二郎なら勝も見知っている筈である。

「ううん、店の遣いの人でね。ええと、なんてったかしら？　急いで呼んで来いと言われたって。池見屋の女将さんが待ってるからと——」

「じゃあ、池見屋の遣いだったんで？」

「そうらしいけど、呼びに来たのは池見屋の人じゃなくて、どこか違うお店の人だったんです。ええと、名前は——ああもう、嫌になっちゃう。近頃物忘れがひどくって」

「ひでぇのは物忘れだけじゃあねぇや」

家の奥から勝の夫の甚太郎《じんたろう》の声がして、勝が目を吊り上げた。

「なんですって！」

言い合いを始めた夫婦を放って、涼太は今井に言った。

「ちょいとひとっ走り、池見屋まで行ってこようと思います」

「うむ。本当にお類さんの遣いかどうか、どうも怪しいからな」

律は昨日池見屋に出向いている。昨日の今日で呼び出されたとは考えにくいし、今までそのようなことは一度もなかった。

木戸をくぐりながら涼太は舌打ちを漏らした。

夕刻に出歩くな、知らぬ男について行くなと、言ったばかりだってぇのに――店の前を通り過ぎるのは躊躇われたが、四《し》の五《ご》の迷っている暇はない。店仕舞いの支度に表に出ていた手代へ小さく手を振ってやり過ごし、涼太は御成街道へ足を向けた。

――と、半町ほど向こうに戻って来る律の姿が目に入る。

「お律！」

どこへ行ってたんだ――

涼太が問いかける前に、弾んだ声で律が応えた。

「涼太さん！　雪永さんが」

「雪永さん？」

「ええ、雪永さんが、椿の着物を描いてみないかって！」

珍しく興奮した律の話を聞くうちに事情が呑み込めてきた。

どうやら遣いは本物だったようだ。類が雪永と居酒屋・笹屋で飲んでいたところ、雪永が椿の着物を仕立てたいと言い出したそうである。それなら律はどうかと類が推《お》し、先だって鶴のお包みを見ていた雪永は頷いた。「なんなら今から呼びつけてやろう。きっと喜ぶに違いないよ」と類が言い、笹屋の者を長屋に走らせたという次第であった。

「雪永さんは、昨年私が描いた椿も見ていたんですって。池見屋での腕試しに描いた椿の絵よ。でも描いてもらうのは華やかな方がいいからって、今度、椿ばかりを描いた本を貸してくださるというの。その本には珍しい椿がたくさん描かれているから、私にもいい勉強になるだろうって、お類さんが」

「そうか……そりゃよかったな」

拍子抜けして涼太は言った。

が、すぐに気を取り直し、一歩足を踏み出した。

「お律」

「はい」

あれこれ言い回しを考えながら帰って来たのだが、慌てたことで全て吹き飛んでいた。また、律が着物を請け負うとなると、己がまだ半人前なのが余計に悔やまれる。

しかし想いを伝えるという決意は固い。

「お律」

「涼太さん？」

不安げに己を見上げた律に涼太はややたじろいだ。

一緒になってくれと言う前に、まずは誤解を解いておくべきか。

「尾上はうちの得意先だが、俺と綾乃さんはなんでもねぇ」

一瞬きょとんとした律がはっとする。

「俺は――」

衆目《しゅうもく》を浴びているのは感じていたが、ここでやめる訳にはいかぬと気合いを入れる。

「お律、俺は」

「あ、慶太郎……」

「え？」

つぶやいた律につられて振り向くと、少し先に身を縮こめた慶太郎の姿が見えた。

と同時に、慶太郎のすぐ近くにいた男がぎょっとしたことに涼太は気付いた。

あいつは——

「待ちやがれ！」

身を翻《ひるがえ》して涼太は走り出した。

十二

呆気に取られた律だが、すぐに裾をたくし上げて涼太を追った。

「涼太さん！　慶太！」

慶太郎を追ったように見えた涼太は、まっすぐ違う男へと向かっている。

うろたえるその男には見覚えがあった。

松井屋の克也を騙った男である。

涼太が向かって来るのに動揺した男は踵を返し——思い直したように振り返って、やはり逃げ出そうとしていた慶太郎の襟首を左手でつかんだ。

「何すんだ！　放せ！　放せったら！」

暴れる慶太郎を押さえつけながら、男は空いている手で懐をまさぐる。

「止まれ！　でないとこの子を——」

取り出したのは手拭いを巻きつけた包丁のようだ。

「この野郎！」

「慶太！」

手拭いがひらりと落ちて包丁が覗いたのと、涼太が男の腕をつかむのが同時であった。

「痛い！」

腕をねじられ、男は包丁を取り落とし慶太郎を放した。

自由になった慶太郎が勢い余ってすっ転ぶ。

「慶太！」

駆け寄って律は慶太郎を抱き起した。

怪我はないようだが、それはそれで安堵に涙が溢れてくる。奉公に出してからまだ十日ほどしか経っておらぬというのに、もう一月も二月も離れていたような気がした。

近くにいた男が一人、涼太と共に偽の克也を押さえつけた。流石にもう逃げられぬと観念したのか、偽の克也が黙り込んでうなだれる。

包丁に気付いた慶太郎は肩を震わせたが、ぱらぱらと人が集まってくるのを見て、やんわり律を押しやって立ち上がった。

「慶太郎」

「こんなのはなんでもねぇ。往来で恥ずかしいじゃねぇか。遣いの帰りにちょいと通りかかっただけだってぇのに……」

声変わりもしておらぬのに、一丁前に両手を組み、口をへの字に曲げて慶太郎は言った。

ほんの短い間に、随分生意気な口を利くようになったものである。

兄弟子さんの真似をしてるのね――

こんな時なのに可笑しくて、目頭を押さえながら律は小さく噴き出した。

「泣いたり笑ったり……なんなんだよぅ、もう」

瞬く間に以前の口調に戻った慶太郎が頰を膨らませるものだから、笑いを引っ込めるのに律は随分苦心した。

――その晩、長屋はこの話でもちきりだった。

すっ飛んできた番人と涼太に伴われて、偽の克也は番屋に連れて行かれた。嫌がる慶太郎を一石屋の近くまで送ってから、律も今井と一緒に番屋に向かった。

男の本当の名は裕二《ゆうじ》。松井屋の三軒隣りにある平井屋《ひらいや》の次男であった。松井屋は半襟も扱う小間物屋で、平井屋は小間物も扱う半襟屋らしい。商売敵の二軒だが、意外に克也と裕二は仲が良かったようである。裕二は京にも克也と名乗っており、それは「俺の名を騙った方がもてる」と克也に言われたからとのことだった。

律たちが推測したように、京を殺したのは裕二であった。

半年ほど前から裕二は京に入れあげており、店の商品や金を持ち出しては京に貢いでいたそうである。両親と兄は無論裕二を咎めて婿入り先を探し始めた。ならばいっそ駆け落ちでもと、全てを打ち明けて京へ持ちかけたところ、鼻で笑われてかっとしたという。

「散々貢がしておいて……」と、憎々しげに裕二は言ったが、反面、未練も大いにあったようだ。身元がばれぬうちに江戸を出ようと思ったそうだが、思い留まったのは、京の形見になるもの——似面絵——が欲しかったからだった。

律が描いた一枚は、親に取り上げられ破り捨てられてしまったのだと裕二は言った。

——もう一度お京に会いたくて、似面絵を描いてもらったら江戸を売るつもりでした——

律が渋ったら脅そうと思って、包丁を忍ばせてやって来たところを涼太に見つかったという訳である。

「なんとまあ、浅はかかな……」

今井から顚末を聞いて、長屋の住人は揃って呆れた。

「けどよ、話を聞く限り、お京ってのもあまり褒められた女じゃなかったみてぇだな」

甚太郎がつぶやいた。

裕二曰く、他にも多くの男が店に隠れて京に貢いでいたそうである。にもかかわらず裕二が諦め切れなかったのは、己こそが本命だからと言われ続けていたからだ。

「だからって殺されちゃあ気の毒だよ。死んだ人を悪く言うのはおやめよ」と、勝。

「だってよお、小娘のくせして男を手玉に取ろうなんて、お京も浅はかだったのさ」

「あんた、いい加減にしな。それともなんだい？　もしかしてあんたも江島屋に金を落としてたってぇんじゃないだろうね？」

「なに言ってんでぇ。お前ががっちり握ってっから、俺は晩酌もままならねぇ……」

甚太郎がぼやき、座がやや和んだところでお開きになる。

ほっとして律は家に戻ったが、夕餉を食べていないにもかかわらず食欲はなく、顔も火照《ほて》ったままである。

興奮冷めやらず――と、みんなは思っているだろうが、捕り物のせいではなかった。

今井の隣りでみんなと話しながら律の心中は別にあった。

――明日お前の家に行く。だから八ツには必ず家にいてくれよ――

番屋から戻る際に、他の者に聞こえぬように涼太が耳元で囁いたのである。

綾乃とはなんでもないと涼太は言った。

それはつまり。

もしかして――
家の中は冷え切っているというのに、己の内なる熱を律は持て余した。

十三

冷たい風もなんのその、弾んだ足取りで香は相生町へ向かっていた。

抱えている風呂敷の中身は桐山の菓子である。本当は赤飯を土産にしたいくらいだったが、それは流石にやり過ぎだと思い直し、代わりにいつもより奮発して紅色の練切《ねりきり》を買い求めた。

昨日の涼太の様子を思い出すと自然と忍び笑いが漏れる。

仕事の邪魔にならぬようにと訪問を控えていたが、今日はどうしても律の顔が見たい。

涼太は一体どのように、どんな言葉で律に想いを告げたのか。

茶のひとときに上がり込んで、初めから終わりまで全て聞き出すつもりであった。

胸を躍らせながら、香は風呂敷包みを抱え直した。

十四

朝から仕事が手につかず、巾着絵を仕上げる代わりに律は日本橋の雪永を訪ねた。

昼前の早い刻限だったが雪永は快く迎えてくれ、約束通り、椿の画本を貸してくれた。

早速家に戻って画本を開いてみると、町中でもよく見かける藪椿《やぶつばき》の他、「羽衣《はごろも》」「蝶千《ちようち》鳥《どり》」「淡路島《あわじしま》」などありとあらゆる椿が描かれている。

――確かにあの椿の絵は雪永さんも気に入ったようだけどね。此度の絵は華やかなのにしとくれよ。椿にもいろいろあるからね。ちょいと勉強するんだね。あんたの好きな「精進」ってやつさ――

華やかというと、一重咲きよりも牡丹咲きの方がいいだろうか？

色も桃色より紅色の方が――いやでも白も捨て難い。

類の言葉を思い出しながら、律は画本を繰った。

――言っとくけど、調子に乗るんじゃないよ。椿って言われてちょいとお前を思い出しただけなんだから。これっぱかしで舞い上がってるようじゃ、先が思いやられるよ――

はいはい、判っていますとも……

居酒屋では言えなかった軽口を胸中で返して、律は画本を写すのに没頭した。

が、夢中で描いたのは一刻ほどで、昼餉を過ぎるとまたもや気がそぞろになる。

昨日は思わぬ邪魔が入ったが、涼太は何を言おうとしていたのか。

最後まで聞くことはできなかったものの、涼太の想いは伝わってきた――ように思う。

先生の家じゃなくて、私の家に来ると言ってた……

今井からは朝のうちに「今日は上野に行って来る」と言われていた。涼太の台詞を聞かれたとは思わないが、今井なら何か察していてもおかしくない。

期待は禁物と何度も己に言い聞かせ、迷いに迷った末に律は千日紅の簪を頭に挿した。

己の命ばかりか慶太郎の危機まで救ってくれた涼太である。いくら分をわきまえようと思っても、涼太への想いは膨らむばかりだ。

また昨日のことがきっかけで、この一年の出来事がまざまざと思い出されてきた。

――ううん、この一年だけじゃない。

物心ついてからずっと、涼太が傍にいたことで己がどれだけ励まされてきたことか。

ゆえに涼太の真意がどうあれ、簪を大切にしていることと――涼太への感謝の念は包み隠さず伝えようと決心していた。

ふと、茶菓子が何もないことに律は気付いた。

……涼太さんが来ると判っててお茶請けの用意がないなんて、気の利かない女だと思われるんじゃないかしら？

一石屋に行こうかと腰を浮かせたが、昨日の今日では、まるで子離れならぬ弟離れできぬ姉である。

茶菓子は諦め、茶器や茶筒――佐和からもらった玉露――を確かめながら、じたばたするうちに八ツの捨て鐘が鳴った。

思わず簪に手をやった律の耳に、覚えのある足音が聞こえてくる。

しかしそれは涼太のものではなかった。

「お律さん。広瀬です」

草履を履いて引き戸を開けると、にこやかな笑顔の保次郎が立っている。

「聞いたよ、昨日のこと。またしても涼太がお手柄だったそうだね。武勇伝を聞かせてもらえないかと来てみたんだが、どうやら先生はお留守のようだ。明日にでもまた寄せてもらうが、せっかくだからこれをお律さんに」

保次郎が差し出したのは一石屋の包みである。

と、そこへ「りっちゃーん」と満面の笑みをたたえた香が現れた。

「あら広瀬さん、こんにちは」

保次郎に気付いて挨拶はしたものの、どことなく憮然《ぶぜん》とした面持ちだ。

「香ちゃん、いらっしゃい……」

かろうじて律が応えた矢先、香の後ろに木戸をくぐってきたばかりの涼太が見えた。

一瞬足を止めて迷いを見せたが、すぐに諦めた様子で近付いて来る。

「涼太さん――」

「お律、中へ入れてくれ。こんなところで団子になってちゃ迷惑だ。広瀬さん、今お茶を淹れますんで、よかったら一服いかがですか？」

「そりゃありがたい」

「お茶菓子は持って来たわ」

「あ、今、広瀬さんからもいただいて……」

「涼太が来てくれてよかったよ。どうせ非番だし、ゆっくり茶をいただこうかね。昨日のことも詳しく知りたいし——」

「まあ、広瀬さんもですか？」

目を輝かせた香の後ろで涼太は苦虫を嚙み潰したような顔をしたが、簪に気付くと満更でもない笑みを浮かべた。

胸の鼓動を香に気取られぬよう、うつむいて律は茶筒を涼太に渡す。

「ええ、涼太さんが来てくれてほんとよかった。昨日ちょうど、女将さんに玉露をもらったところだったんです……」

しどろもどろに律が言うと、涼太と香が揃って言った。

「おふくろが？」

「母さまが？」

眉をひそめた二人がそっくりで、律はこらえきれずに笑い出した。

本書は書き下ろしです。

光文社文庫

文庫書下ろし
舞《ま》う百日紅《さるすべり》　上絵師《うわえし》 律《りつ》の似面絵帖《にづらえちょう》
著者　知野《ちの》みさき

2017年1月20日　初版1刷発行
2021年5月15日　4刷発行

発行者　鈴木広和
印刷　萩原印刷
製本　ナショナル製本

発行所　株式会社 光文社
〒112-8011　東京都文京区音羽1-16-6
電話（03）5395-8149　編集部
8116　書籍販売部
8125　業務部

ISBN978-4-334-77418-9　Printed in Japan

組版　萩原印刷